Tacet Books

João do Rio

7 Melhores Contos

Editado por
August Nemo

COPYRIGHT© TACET BOOKS, 2024

Todos os direitos reservados.

EDITOR August Nemo

CAPA E PROJETO GRÁFICO Mayra Falcini

NEGÓCIOS E MARKETING Horacio Corral

Dados Internacionais de Catalogação na Publicação (CIP)

Rio, João do.
J62   7 Melhores Contos / João do Rio – São Paulo, SP: Tacet Books, 2024.
98 p. : 14 x 21 cm

ISBN 978-65-89575-76-4

1. Literatura brasileira. 2. Contos.

CDD 869.4

Tacet Books

Feito em silêncio

Para mentes barulhentas

www.tacetbooks.com

tacet.books@gmail.com

Sumário

O Autor	5
A Amante Ideal	9
Duas Criaturas	23
Dentro da Noite	37
História de Gente Alegre	49
O Monstro	61
O Carro da Semana Santa	71
A Mulher Excepcional	83
Conteúdo Extra	95
Conheça a Tacet Books	97

O Autor

Paulo Barreto, conhecido pelo pseudônimo João do Rio, nasceu em 1 de junho de 1882, na rua do Hospício, atualmente chamada rua Buenos Aires, no Centro do Rio de Janeiro. Filho de Alfredo Coelho Barreto, professor de matemática e positivista, e de Florência dos Santos Barreto, dona de casa, João do Rio demonstrou desde cedo interesse pela literatura.

Ele frequentou o Colégio São Bento, onde começou a desenvolver suas habilidades literárias, especialmente em Português. Aos 15 anos, prestou um concurso de admissão ao Ginásio Nacional, atualmente conhecido como Colégio Pedro II. Com menos de 17 anos, teve seu primeiro texto publicado em um jornal chamado O Tribunal, de Alcindo Guanabara. O artigo, intitulado "Lucília Simões", era uma crítica sobre a peça Casa de Bonecas, de Ibsen, que estava sendo encenada no teatro Santana, hoje chamado Teatro Carlos Gomes.

João do Rio foi um escritor prolífico e, entre 1900 e 1903, contribuiu para diversos jornais do Rio de Janeiro, usando vários pseudônimos, como O Paiz, O Dia, Correio Mercantil, O Tagarela e O Coió. Em 1903, Nilo Peçanha o indicou para trabalhar na Gazeta de Notícias, onde permaneceu até 1913. Foi nesse jornal que adotou o pseudônimo de João do Rio, em 26 de novembro de 1903, ao publicar o artigo "O Brasil Lê", uma pesquisa sobre as preferências literárias dos leitores cariocas. A partir desse momento, o nome João do Rio se tornou sua identidade literária e o acompanhou ao longo de sua carreira.

Além de sua atuação jornalística, João do Rio também se destacou como escritor. Em 1913, assinou o texto de um notável álbum sobre o Theatro Municipal do Rio de Janeiro, publicado pela Photo Musso. Ele discordou de seu amigo e colega teatrólogo Arthur Azevedo ao elogiar a cortina de palco do teatro, pintada por Eliseu Visconti, uma obra que havia sido criticada por Azevedo antes de sua morte em 1908.

Uma de suas obras mais famosas foi uma série de reportagens intitulada "As Religiões no Rio", publicada entre fevereiro e abril de 1904. Essas reportagens não apenas tiveram um caráter investigativo no campo do jornalismo, mas também apresentaram análises relevantes do ponto de vista antropológico e sociológico.

João do Rio foi eleito para a Academia Brasileira de Letras em 1910, e foi o primeiro a tomar posse vestindo o "fardão dos imortais". Porém, com a eleição de Humberto de Campos, em 1919, João do Rio se afasta definitivamente da Academia.

Em 23 de junho de 1921, João do Rio faleceu devido a um ataque cardíaco súbito. Aproximadamente 100 mil pessoas se reuniram para prestar suas últimas homenagens ao escritor, um fato notável em uma época em que o Rio de Janeiro contava com cerca de um milhão de habitantes. João do Rio foi sepultado em um túmulo de mármore italiano e bronze no Cemitério de São João Batista. Sua biblioteca foi doada ao Real Gabinete Português de Leitura.

Neste livro os leitores encontrarão uma seleção cuidadosamente escolhida das crônicas mais marcantes de João do Rio, que retratam sua visão perspicaz da sociedade, sua habilidade única de capturar nuances da vida cotidiana e seu estilo literário envolvente. Ao se aventurarem nessas páginas, os leitores descobrirão por que João do Rio é amplamente celebrado como um dos grandes mestres da escrita no Brasil, deixando um legado duradouro na história da literatura nacional

A Amante Ideal

Esses cavalheiros haviam mostrado um certo apetite. Era, após o jantar, na residência de Ernesto Pereira, assaz feliz para ter, antes dos quarenta anos, um palacete discreto e muito mais de cem mil contos.

Com tão confortável fortuna, Ernesto estava quase branco, não bebia senão águas minerais e mantinha as mulheres como simples companheiras para distrair. Após um negócio — ceia com elas e champagne bebido pelos outros. Enriquecer quando não custa a vida e uma fortuna, custa, pelo menos, o melhor bem humano, porque transitório — a mocidade. Ernesto aliás tratava o doloroso e delicado assunto com cinismo amável. — Que querem vocês? Aos vinte anos, afastei as mulheres para conquistar a Fortuna. A Fortuna vingou-se desabituando-me do amor...

Mas era gentil, muito gentil, como diziam essas damas. Fazia as despesas de uma italiana, montara casa a uma espanhola, comia com as figuras mais impressionantes do armorial da galanteria, e protegia, às ocultas, algumas costureiras e modistas. O desprezo, ou antes, a integral indiferença de Ernesto pelas mulheres, só poderia ser notada porque esse homem jamais tinha uma história de mulher a contar. Quando narrava um fato era dos outros e referia-o sempre com o riso ingênuo da completa incompreensão. Parecia contar pilhérias de bonecos.

Os amigos julgavam-no feliz. Era-o. O homem feliz é aquele que não conhece o amor.

Nesse momento, porém, acesos os charutos no terraço sobre o mar a roda se fazia de homens, como é a maioria dos homens, tendo a vida com dois fins: dinheiro e mulher. Estavam Otaviano Rodrigues, que se arruinara por uma princesa austríaca, e André Figueiredo, com quem a princesa enganava Otaviano, mas que por sua vez tinha várias paixões, menos a princesa. Estava Clodomiro Viegas, que nunca pagara o amor e andava sempre a arranjar dinheiro para ser gentil com as generosas criaturas. Estava o comendador Andrade, que em trinta anos de francesas ainda não aprendera a falar francês. Estava Teodoro Gomes, o bolsista que enriquecia a bailarina russa de uma companhia italiana, em companhia de Godofredo de Alencar, o único literato com dinheiro.

E também palestrava Júlio Bento, lindo e excelente rapaz de trinta e cinco anos, casado, pai de cinco filhos, mas cuja lista de conquistas não deixava de ser profusa.

A conversa, precisamente, generalizava-se a propósito da última paixão de Júlio, senhora alta, com enorme boca vermelha e dois braços de tragédia, admiráveis e brancos, "as duas velas de seda da trirreme do amor", como dizia, com exagero, Godofredo de Alencar. Essa mulher agoniava Júlio Bento. Eram cartas, telegramas, chamadas ao telefone, imprevistas aparições, cenas de ciúme, ataques, tentativas de suicídio, recriminações, inquéritos minuciosos.

— Um inferno, meus caros! E eu tenho receio que minha esposa venha a saber.

— Mas deixa-a. Nada mais simples! insinuou Ernesto com o seu ingênuo e feliz desconhecimento do complicado desespero das ligações amorosas.

— É bom dizer. Ela mata-se...

— Ora!

— E para que deixar esta, se são todas assim? indagou ironicamente Alencar. Amar é sofrer, mas ser amado é o cataclismo. Não se pode fazer mais nada. Elas caem sobre a gente como os andaimes. Um gnóstico dizia que é preciso passar pela mulher como pelo fogo. Nós imbecilmente ficamos a assar. Ao demais o Elifas Levi já teve uma frase lapidar — "Queres possuir? Não ames! Nós, sem inteligência, em vez de possuir, somos possuídos. A inteligência é um perigo no amor."

— Paradoxal!

— Conforme. Qual de nós não almeja, não sonha com o tipo da amante ideal? Qual de nós, porém não sofreria se amasse o tipo da amante ideal?

— A questão é saber qual a amante ideal, após três meses...

— A amante ideal! suspirou Júlio Bento.

— É a esposa, sentenciou o velho solteirão Andrade.

— A esposa, meu caro amigo, desde a Grécia, é a mãe dos nossos filhos. Não a sobrecarreguemos... Moisés, segundo a legenda, forjou o anel do Amor. E tais foram as complicações, que logo teve de forjar com pressa um outro: o anel do Esquecimento. Nenhum dos dois é a aliança matrimonial...

Júlio Bento ficara pensativo. E de repente:
— Como o Alencar fala a verdade. Eu já tive a amante ideal.
Houve na roda um alegre sobressalto.
— Tu?
— Como era ela?
— E deixaste-a fugir?
Júlio Bento, sem tristeza, suspirou.
— Sim. Apenas só depois é que soube... E até agora, francamente, não compreendo, não atino, não sinto bem... Que aventura! Imaginem vocês...
Acendeu outro charuto e, impaciente, continuou:
— Há uns cinco anos encontrei no teatro uma encantadora mulher. Pálida, da cor dos jasmins, dois olhos verdes, pestanudos, uma longa cabeleira de ébano, alta, magra. Estava no camarote pegado ao meu, só, vestida de preto. Olhou-me duas vezes. Da segunda havia muitas intenções. Fiquei desejoso de a conhecer, de falar-lhe. Mas, evidentemente, não era uma qualquer mulher. Saiu em meio de um ato e eu fiquei com a família, não sei por que, raivoso. Quatro dias depois ia pela rua do Ouvidor, quando a vi que vinha a sorrir. Tinha uma linda boca. Cumprimentei-a. Continuou a andar. Segui-a. Voltou-se uma só vez e logo meteu-se pela rua Gonçalves Dias. Continuei a acompanhá-la. Ela ia pelo meandro de ruas estreitas e comerciais. Enfim, num beco deserto, entrou por uma porta. Quando passei pela porta, ela estava no corredor. Timidamente disse-lhe:
— Desculpe se a acompanhei...

— Entre, fez ela com a voz calma. Não podíamos falar em ruas de movimento. Não seria conveniente nem para mim nem para você.

Fez uma pausa, murmurou: Simpatizei muito com a sua pessoa.

— E eu, então!

Ela riu:

— Sempre que as mulheres querem, os homens simpatizam ao menos uma vez.

Agarrei-a, ela ofereceu-me a boca, que cheirava a rosa, e gulosamente mordeu-me. Depois, desprendendo-se:

— Agora vá embora!

— Mas isso não pode ficar assim. Onde a posso encontrar?

— Na minha casa é impossível neste momento...

— Como se chama?

— Adelina. Até outro dia...

— Há outras casas. Por aqui mesmo...

— Hoje não.

— Por quê?

— Ninguém tem mais vontade do que eu... Amanhã, se quiser. Serve-lhe às duas horas da tarde, num automóvel defronte do terraço do Passeio Público?

Concordei. No dia seguinte rolávamos, às duas da tarde, para a Quinta da Boa Vista e essa mulher era de um ardor, de uma paixão alucinantes. Apenas não saiu do automóvel e no automóvel estivemos até às seis horas. Ao deixá-la, Adelina disse-me apenas:

— Moro numa pensão da rua da Piedade. Quando quiser, escreva-me.

— E não posso lá ir?

— Se quiser, durante o dia.

A minha curiosidade conseguiu saber aquilo que ela não dizia, mas de que não fazia mistério. Chamava-se Adelina Roxo. Era casada, separada do marido. Vivia mantida por um velho diretor de banco, que lhe dava larga vida. O seu modo era tão esquisito, tão diverso das outras mulheres quando desejavam, que me abstive de a procurar oito dias. Quando as mulheres são sinceras, os homens são *cocottes*[1].

O *chiquet*[2,3] é a essência do amor. Apenas verifiquei a inutilidade do processo e apertou-me o desejo. Queria aquela volúpia e queria também conhecer a mulher. Escrevi, pela manhã, uma carta sem assinatura, e lá fui. Recebeu-me deliciosamente. Tinha três salas admiráveis. O gabinete de vestir era mobiliado de sândalo com incrustações de marfim. Os tapetes altos de seda turca contavam em azul sobre fundo rosa suratas do Korão[4]. Um cheiro de rosas

---

1 Tradicionalmente, "cocotte" refere-se a uma cortesã ou mulher de reputação duvidosa que vive de maneira extravagante financiada por amantes ricos. Aqui, a palavra está sendo usada para inverter o estereótipo e criticar o comportamento dos homens que se tornam superficiais ou volúveis quando confrontados com a honestidade feminina.

2 Do francês, elegância, estilo, sofisticação. Seria incorporado ao português na palavra "chique".

3 Você notará um grande uso de palavras estrangeiras nos contos deste livro. Ao contrário do que muitos imaginam, o uso de estrangeirismos já era bastante comum desde a formação do português brasileiro. Este fenômeno tem sido um tópico de debate entre estudiosos no Brasil desde o século XIX e início do século XX. Naquela época, os galicismos (ou francesismos) eram predominantes na língua portuguesa do Brasil. A partir de meados do século XX, houve um aumento no uso de anglicismos, ou seja, estrangeirismos de origem inglesa.

4 "Suratas do Korão" refere-se aos capítulos do Alcorão, o livro sagrado do Islã. A palavra vem do árabe e significa "capítulo". O Alcorão é composto por 114 suratas, que variam em

errava no ar, e ela despindo um *chartcha*[5] de seda pesada apareceu-me através de um tecido de Brussa[6] com a pulcra delicadeza de um lírio à sombra. Amei-a furiosamente. Ela era das que, entregando-se, infiltram nos mortais ainda mais desejo. E se eu a amei, ela teve todas as etapas do delírio desde o frenesi ao desmaio. Ao sair esperei alguma frase, um pedido, uma súplica. Nada. Não me demorou, beijou-me com a alma. E não disse uma palavra.

Era diversa, integralmente diversa das outras. Certo gostava de mim, gostava com um calor que eu não sentira em nenhum outro corpo. Mas todas as mulheres querem saber coisas, perguntam onde vamos, indagam se as amamos muito, se será para sempre, e não deixam de reter mais alguns momentos a criatura... Ela não teve um só gesto nem uma das frases banais, mas que estamos acostumados a ouvir.

Claro que voltei. Conversávamos. Ela, sem pedantismos, sabia muito mais do que eu. Viajara a Europa inteira, falava várias línguas, conhecia os poetas de diversos países, que lia em encadernações de antílope com fechos de ouro lavrado. Mas, rindo com infinita alegria, prendendo com a sua clara

---

comprimento e abordam diversos temas, desde preceitos religiosos e morais até legislação e orientação espiritual.

5 A palavra "chartcha" parece ser uma variação ou erro de grafia do termo "cache-coeur". Cache-coeur é uma peça de vestuário feminino, especificamente uma blusa cruzada na frente e amarrada na cintura ou no busto. Feita frequentemente de tecidos finos, como a seda, essa peça é conhecida por seu toque elegante e sofisticado.

6 O tecido de Brussa é uma referência ao brocado, um tipo de tecido luxuoso e ornamentado. O nome "Brussa" deriva da cidade de Bruxelas (Brussels), conhecida por sua tradição na produção de tecidos finos e detalhados. O brocado é geralmente feito de seda e é caracterizado por seus padrões elaborados, muitas vezes utilizando fios de ouro ou prata para criar desenhos elevados na superfície do tecido.

voz, o seu olhar de brasa verde, o seu corpo de jasmim, jamais perguntou pela minha vida. E também não me disse uma palavra a respeito da sua, e também não me pediu nada. Sabem vocês como as mulheres gostam de contar a própria vida aos amantes. É um duplo exercício de mentira e de tortura. Sabem vocês, como ao cabo de uma semana não se pode dar um passo sem ter a senhora apaixonada a perguntar-nos os detalhes mínimos do dia. Ela abstinha-se desses atos, naturalmente. E, talvez por isso, se o meu desejo aumentava, a minha desconfiança irritada crescia. Nem o meu nome ela perguntara — nome que, de resto, devia saber. Tratava-me de "Meu pequeno", meu "guru". Um dia disse-lhe:

— Não sabes o meu nome?

— Não.

— Mas eu assino as cartas...

— Ah! sim, as cartas..., Mas não quero o teu nome, quero-te a ti. Que me importa que te chames João, Antônio ou mesmo Júlio?...

— O tratamento de "guru", entretanto...

Ela deu uma grande risada.

— Ah! essa palavra é de um grande poema de amor, o "Ramayana"[7]. É uma palavra de carinho, de afeição que não tem tradução. Achei-a simpática. Só a ti no mundo eu chamo assim. Porque só a ti no mundo eu amo, meu pequeno...

— Enfim, um homem casado transformado em "guru"...

---

[7] O Ramáiana é um épico sânscrito atribuído ao poeta Valmiki, parte do cânon hindu. Com 24.000 versos em sete cantos, narra a jornada do príncipe Rama de Aiódia para resgatar sua esposa Sita, sequestrada pelo demônio Ravana, rei de Lanka.

Eu dizia para forçá-la a perguntar-me as coisas. Foi em vão. Em virtude de tanta liberdade, como sou humano entre os lamentáveis humanos, aproveitei-a para traí-la. Traí-la? Pode-se trair uma mulher que não nos toma contas? Tive várias intrigas amorosas, que me deram enormes incômodos e fizeram-me enormes despesas. Todas essas mulheres amavam-me como loucas e eu as deixei sem que elas mudassem. Alguns negócios forçaram-me a ausentar da cidade.

— É uma aventura mortal! dizia a mim mesmo para convencer-me.

E ao chegar das viagens, lá ia entre desejoso daquele amor impossível de pôr em dúvida e um vago mal-estar, uma inquietação. Afinal, teria ou não interesse por mim? Tinha, era evidente que tinha. Mas não era bem esse alheamento da vida comum. Talvez forçasse a indiferença para não contar os mistérios da sua existência. Mas, respondia sempre com franqueza a tudo quanto lhe perguntava! Talvez tivesse outro amante. Inquiri, observei. Não. Além do velho banqueiro, só a mim...

Os nossos encontros faziam-se intermitentes. Semanas havia que estávamos juntos todos os dias. Depois passávamos semanas sem nos vermos. Era natural que essa mulher, diante de uma ausência prolongada, procurasse falar-me, escrevesse, passasse um telegrama ao menos. Pois nada. E recebia-me com a mesma ternura, o mesmo sincero amor, sem uma pergunta. Às vezes resolvia não a procurar mais. Encontrava-a, porém, na rua, e a irradiação do desejo era tão forte, que tivesse eu o mais urgente negócio, largava tudo para segui-la. Ela também ficava trêmula, com as mãos frias. Tomávamos o primeiro automóvel e era um verdadeiro frenesi.

Diante da sua absoluta discrição, era forçado a ser discreto. Nunca trocamos uma palavra a propósito do velho diretor do banco. E a necessidade de contar a minha vida se fazia nula com o acanhamento que produzia o seu ar de não querer saber. Uma vez gabei-lhe os olhos. Eram macios e ardentes.

— Herança, meu pequeno.
— Como?
— Eu sou descendente de armênios. Minha avó devia tapar os olhos. Eles ficaram com mais luz e mais doçura. São olhos de serralho...
— Curioso. Por que não me contas a tua vida?
— Porque não vale a pena.
— Mas não perguntas pela minha?
— Para não te aborrecer. Eu sou a tua escrava. Dei-te o meu desejo e o meu coração. Não tenho o direito de perguntar. Estamos assim tão bem...

Ela falava com tanta brandura, as suas mãos de jasmim pousavam tão docemente sobre os meus olhos, que senti uma infinita pena de mim mesmo, e calei-me... Sim, de fato, para que falar, para que mentir, quando não mentíamos ao nosso desejo? Vivemos assim largo tempo. Se não ia à sua casa e a via na rua — era fatal, soçobrávamos na volúpia. Às vezes o desejo era tão forte e imediato, que ela entrava em qualquer porta e ali mesmo as nossas bocas se ligavam vorazes — antes de seguirmos para a luxúria ardente dos seus aposentos.

Possuía-me e entregava-se como jamais pensara que fosse possível!

Conservara durante anos a mesma chama, a mesma maravilhosa chama. Sem uma intimidade, sem detalhes da vida comum, sem me interrogar, sem chegar a esse momento habitual em que dois amantes são iguais a duas criaturas comuns. Eu a consideraria exasperante, se, talvez por isso — o meu desejo nunca tivesse força de resistir.

Enfim, há três meses tive de ir à Bahia. Ia demorar, pelo menos, trinta dias. Podia dizer-lho. Mas o meu orgulho resistiu. Passei a tarde com ela, aliás, e quando consultei o relógio, ainda esperava uma pergunta, que não veio. Parti. Não escrevi. Não escrevi, posto que pensasse nela. Era o que eu julgava uma vingança. Ao chegar, não resisti e fui vê-la. Recebeu-me a dona da pensão, uma velha francesa.

— Bem dizia madame que o senhor tornaria...

— Onde está ela?

— Oito dias depois daquela tarde, ela caiu doente, muito mal. Esteve assim três dias. Afinal, os médicos acharam necessário uma operação. Era apendicite. Saiu daqui para ser operada no Hospital dos Ingleses. Mas antes de sair, chamou-me. Lembro-me bem das suas palavras, *la pauvre*[8]!

"Madame Angéle, eu vou morrer, sinto que vou morrer. Quando o meu pequeno aparecer, diga-lhe que não fique

---

8 "La pauvre", do francês, "a pobre", com sentido de "coitada". Se repetirá mais à frente como "pauvre petite", com sentido de "pobrezinha".

triste, mas que eu morrerei pensando nele como o meu único bem..."

— Então?

— "*Pauvre petite!*". Morreu na mesa de operações...

— Mas onde a enterraram?

— Não sei, não acompanhei. Talvez perguntando ao Sr. Herbrath...

Desci, quase a correr, para não mostrar à velha francesa as minhas lágrimas. Todo esse longo, o único longo amor da minha vida, surgia aos olhos do meu desejo como um sonho. Tinha sido uma ilusão, a imensa ilusão. E desaparecera, de modo que nem mesmo lhe sentira o amargor, nem mesmo lhe compreendia o fim, pensando na última tarde que fora a primeira, sempre primeira, sempre nova, sempre a que afasta para depois a tristeza...

Na rua, eu era como o homem que; tendo tido uma entrevista de amor em que amou com fúria — procura encontrar de novo aquela que não teve tempo de conhecer bem, com a ânsia dos vinte anos.

O criado de Ernesto entrou nesse momento com o café e largos copos de cristal, onde gotejou uma famosa *fine* de 1840[9]. Júlio recebeu o copo, virou-o. Se estivéssemos em tempo de emoções, a sua história poderia ter comovido. Mas não estamos. Otaviano é que disse com indiferença:

— Curioso!

---

9 No contexto apresentado, "fine" refere-se a um conhaque de alta qualidade. Especificamente, "fine" é uma abreviação de "fine champagne", uma mistura de eau-de-vie das áreas Grande Champagne e Petite Champagne em Cognac, França.

— Nunca me pediu nada, nunca lhe dei nada, nunca me perguntou nada, continuou Júlio Bento, com a voz surda. O sentimento que conservo por ela é o mesmo: um louco desejo e uma certa humilhação...

— Porque tu és da vida comum e ela era o amor, respondeu Alencar. O amor é o desejo acima da vida. Talvez nunca tivesse dito sem o sentir uma tão profunda frase. Nenhum de nós nascidos e vividos na mentira e na tortura da mulher, compreenderia essa amante que existiu, como todas as coisas irreais. Mas, se nos fosse dado compreender — aos homens como às mulheres, todos nós invejaríamos a tua sorte e o prazer superior dessa suave perfeição. Para conservar o desejo é preciso não mentir, não pedir e não saber. Ela foi a amante ideal, a única sincera.

Nesse momento o criado voltou a prevenir Bento de que uma senhora estava à sua espera num automóvel, a chorar.

— É, a Hortência! bradou Bento. Nem aqui me deixa! Por Deus, não lhe contem essa aventura. Teria ciúmes da morta. É insuportável!

E como todos os homens neste mundo, precipitou-se ansioso para a amante, igual às outras.

Duas Criaturas

O grande *hall* do hotel estava repleto. Pelas janelas semicerradas, na suave ondulação das cortinas brancas, entrava um vago perfume de violeta e de rosa. Lá fora, entre os tufos de verdura do jardim e o céu muito azul, devia esplender a pálida luz de um sol de inverno. As mesas, todas ocupadas e cintilantes de cristais, prolongavam-se até o fundo numa orquestração de tons brancos, que iam do branco de prata ao branco gris nos lugares mais em sombra. Os criados passavam apressados, erguendo numa azáfama os pratos de metal. Ao alto, os ventiladores faziam um rumor de colmeias. Senhoras e cavalheiros, perfeitamente felizes, as senhoras quase todas com largos "boas" de plumas brancas, chalravam e sorriam. Estávamos bem na bizarra sociedade de entalhe que é o escol dos hotéis. Alta, longa, comprida, com uma cintura de esmaltes translúcidos e o ar empoado de uma íntima do general Lafayette[10], a escritora americana, cuja admiração por Gonçalves Dias[11] chegara a

---

10 Marie-Joseph Paul Yves Roch Gilbert du Motier, Marquês de La Fayette (1757-1834), conhecido nos Estados Unidos como La Fayette ou "O Herói dos Dois Mundos", foi um aristocrata e militar francês que lutou na Guerra da Independência dos Estados Unidos e teve um papel importante na Revolução Francesa e na Revolução de Julho.

11 Antônio Gonçalves Dias (1823-1864) foi um poeta, advogado, jornalista, etnógrafo e teatrólogo brasileiro, conhecido como um grande expoente do romantismo brasileiro e da tradição literária "indianismo". Autor do famoso poema "Canção do Exílio" e do épico "I-Juca-Pirama", escreveu muitos poemas nacionalistas e patrióticos, incluindo "Canções de Exílio". Reconhecido como poeta nacional do Brasil, ele também pesquisou intensamente as línguas indígenas e o folclore brasileiro. Gonçalves Dias é o patrono da cadeira 15 da Academia Brasileira de Letras.

fazê-la estudar o Brasil, mastigava gravemente. Logo ao lado, um grupo de engenheiros, também americanos, bebia, com gargalhadas brutais e decerto inconvenientes, champagne Munn. Mais adiante a encantadora viúva do milionário Guedes, com o seu perfil de Luigni, de que tanto mal se dizia, sorria num vago sonho para a senhora Alda, a formosa divorciada do dia; Alda Paes anteontem, Alda Pereira hoje, como há cinco anos, antes de casar... De vez em quando parava à porta um novo hóspede, hesitava, percorria com o olhar a extensa fila de mesas onde o *debinage*[12] se acalorava. A um canto, Mlles. Péres, filhas de um rico argentino, *yatch-recordeman* nas horas vagas e vendedor de gado nas outras, perlavam risadinhas de *flirt*, para o solitário e divino Alberto Guerra, seguro dos seus bíceps, dos seus brilhantes e quiçá dos seus versos.

Bem ao centro, o nosso vasto ministro em Honduras desdobrava a sua simpática adiposidade numa roda de *mocitos* elegantes, ferozes pretendentes ao secretariado diplomático, e, de vez em quando, cortando o zumbido elegante do grande hall, retinia imperiosamente o som de uma campainha elétrica.

Estávamos a almoçar cinco ou seis, convidados pelo barão Belfort, esse velho dândi sempre impecável, que dizia as coisas mais horrendas com uma perfeita distinção. E fora de certo uma extravagância aquele demorado almoço, a fazer horas para um *match* de *football*[13], a que seria im-

---
12 "Debinage" é um termo francês que se refere à ação de falar de maneira desrespeitosa ou desagradável sobre outra pessoa, sinônimo de maledicência ou fofoca maliciosa.
13 O uso do termo "match de football" reflete a influência britânica e o estágio inicial de popularização do futebol no Brasil durante os anos 1910. Naquela época, o futebol ainda estava se

possível deixar de assistir O barão, de veia, com a sua voz de navalha, recortava na pele dos presentes as caricaturas perversas. Nós já tínhamos rido muito e entrávamos com apetite num vulgaríssimo salmis de coelho, quando de repente um dos nossos companheiros exclamou:

— Olha, a chilena aqui!

À porta surgiu uma triunfal figura de Ceres, com o cabelo cor-de-ouro e o verde olhar coado por umas negras pestanas de azeviche. O seu lindo corpo era como que modelado pelo vestido de Irlanda e rendas verdadeiras. Nos dedos afilados e tênues, como as pétalas esguias dos crisântemos, três ou quatro pérolas rosas; nos lóbulos das orelhas, duas negras pérolas e por sobre a gola leve de rendas brancas um virginal colar de pérolas. Acompanhavam-na um cachorrinho branco de neve, de focinho impertinente, e um cavalheiro, baixo, gordo, cheio de joias, enfiado num redingote azul.

— A chilena! A chilena aqui! Mas que sociedade é esta? bradou o mais jovem dos convivas.

O barão teve um sorriso cético.

— Meu caro, o Rio tem, como Paris ou Londres ou mesmo Montevidéu, a sua *season*. A *season* começa regularmente com a chegada do primeiro mambembe estrangeiro, mambembe naturalmente insuportável, e fecha com os calores da primavera, na abertura do salão de pintura.

---

consolidando como esporte, sendo praticado principalmente pelas elites urbanas de cidades como São Paulo e Rio de Janeiro. O uso do termo inglês indica que o esporte era visto como uma novidade elegante e sofisticada, muitas vezes associado a eventos sociais refinados. A adaptação completa do termo inglês para "futebol" ainda estava em curso e viria a se consolidar nas décadas de 1920 e 1930, com a maior popularização do esporte.

É a época do luxo, da exibição, do sacrifício para aparecer, da tagarelice, em que toda a gente fala mal do próximo e entende de arte, é a época escolhida pelos que pretendem tomar lugar na sociedade. Nós somos uma sociedade em formação — a mais atraente, a que mais tenta por consequência, não só pelas suas taras, que há vinte anos não eram julgadas mal, como pelo nosso fundo meio ingênuo de aceitar tudo o que brilha, seja diamantino ou seja montana. Anualmente, de envolta com os políticos, os fazendeiros, os estrangeiros exploradores, aparecem essas figuras com um passado estranho, decididas a dominar, a entrar nos lugares honestos, a serem respeitadas.

São figuras de invernos. Querem dominar. E olhe que aqui, quase todos têm a sua história: as *demoiselles*[14] Péres, talvez enteadas de um rei morto, o wildeano[15] conde Rossi, lá longe, com o seu excepcional secretário cubano; Alberto Guerra, o sedutor irmão de D. Juan e também de Shylock[16], porque vive de emprestar a juros; a viscondessa Guilhermina, que chegou de Vichy e só está aqui de passagem; a Alda, a baronesa...

— Barão, cale-se, por favor! Cale-se! Figuras de inverno, não duvido. Mas a chilena é menos que isso.

---

14 Demoiselles é uma palavra francesa que significa "senhoritas" ou "moças".

15 O adjetivo wildeano se refere a Oscar Wilde, famoso escritor, poeta e dramaturgo irlandês do século XIX. Wilde é conhecido por seu estilo espirituoso, suas críticas sociais afiadas e seu comportamento excêntrico.

16 Don Juan é um personagem lendário que aparece em várias obras literárias, famoso por ser um sedutor inveterado. Já Shylock é um personagem de "O Mercador de Veneza", de William Shakespeare, conhecido como um usurário judeu complexo e muitas vezes vilanizado. Referir-se a alguém como "irmão" desses personagens pode implicar que ele possui traços de astúcia, charme e talvez uma moral ambígua.

— Ora, a chilena já não usa esse pseudônimo tão picante e ao mesmo tempo tão significativo para os guerreiros do Rio Grande. Todos vocês sabem a história de vício dessas três que cerca de dez anos amaram e arruinaram várias criaturas. Mas tinham de ter um nome honesto. As duas primeiras casaram. Esta é hoje a esposa do cônsul do Haiti no Pará.

— Então o homenzinho?...

— Um explorador riquíssimo que se presta a ser cônsul, auferindo todos os lucros do cargo. Deve ter uma fortuna superior a cinco mil contos. Tivemos relações em Belém e em Paris. É um caso de embrutecimento passional.

— Mas são realmente casados?

— Não há dúvida. Vocês conhecem a história das chilenas, três lindas criaturas da fronteira que se diziam chilenas por picante e a que os riograndenses chamavam chilenas como lembrança de certos estribos em que os pés ficam à vontade e toda a gente pode usar. Elas tinham topete, beleza, audácia. Para ser o vício arrasador não precisava muito outrora no Rio. Chegaram e logo a fama irradiou. De um dia para o outro, os fazendeiros ricos sentiram a necessidade de dar-lhes palácios, os banqueiros ofereceram-lhes as carteiras, os amorosos sem vintém prometeram vigor e paixão. As gaúchas ardentes, ardentes mesmo demais, faziam grandes loucuras sensuais, mas prestavam atenção ao futuro. Há mulheres que podem se entregar com frenesi a vida inteira sem conseguirem ser prostitutas. Elas tinham o frenesi, não, tinham o sinal de profissão, e depois, haviam nascido sob as estrelas complacentes. A Luíza partiu com um fazendeiro, e se engana é com os cometas, raramente. Natália recolheu com um negociante riquíssimo. Ficou apenas Maria, que diriam um caso anormal de luxúria, malbaratando dinheiro, embriagando-se, tripudiando no torvelinho da vida. Ora, Azevedo apaixonou-se pela Maria, há sete anos, vendo-a guiar uma parelha de cavalos zebrados que foram acabar no Jardim Zoológico como raridade. Maria atravessava uma das suas crises, devendo a casa, as mobílias, os cavalos, os criados, e até mesmo o adolescente robusto que fazia de Angias no fundo do palacete e de Automedonte à tarde, no passeio. Azevedo foi seringueiro ou coisa que o valha. Precisamente voltara do Amazonas, esfomeado de mulher e cheio de dinheiro. Teve o deslumbramento diante da beleza que Maria tornava provocante. Tentou o assalto, deixou-se prender, pôr o freio, montar, esvaziar. A opinião geral — e aliás alegre, era que Maria arruinaria o marchante selvagem. A sorte, porém, de Azevedo era intensa. Quanto mais dava, quanto mais pagava, mais ganhava. Isso devia ter concorrido poderosamente para a paixão do animal, fetiche como todos os simples, e irritar Maria, inimiga dos pagadores como todas as boêmias. Azevedo empolgou-a inteiramente. Ela, até então a Vênus vingadora, que arruína, arrasa, domina, de gênio voluntarioso, só encontrava uma satisfação: enganá-lo, traí-lo, roubar-lhe o corpo para o banquete dos esfomeados. Era uma performance entre a paixão cega e a raiva de fugir dessa paixão. Ao cabo de quatro meses, Maria proibiu-lhe a entrada, despediu-o. Estava coberta de joias, com o cofre cheio e enfarada, aborrecida excedida pela convivência do pobre homem apaixonado e pagador. Meteu-se na grande orgia, para se convencer de que estava livre, livre por completo. Mas Azevedo, aguilhoado por aquela despedida, sentira de repente que perdia a sua carne e a sua sorte e recorria a todos os meios imagináveis para de novo apanhá-la, peitando consciências, interessando na sua desgraça à custa de bilhetes de banco as amigas da Maria, convencendo os camaradas de que era preciso fazer mudar de opinião Maria, aquela louquinha incapaz de pensar no futuro. Logo a chilena sentiu em torno, cada vez mais presente, o fantasma do Azevedo. Falavam nas pândegas as amigas, por acaso: Ah! se aqui estivesse o Azevedo! Falava a cartomante que de oito em oito dias lhe deitava as cartas: vejo aqui um homem sério que muito a ama e agora afastado voltará a fazê-la feliz! Falavam os criados: Coitado do patrão; passou hoje por aqui, olhando muito... Falavam até os camaradas de cama e mesa: Afinal o Azevedo é um bom homem. E Maria viu que tendo despedido o Azevedo agora é que o tinha a todo o instante na lembrança, sem poder fazer-lhe mal, sem poder vingar-se, quase a convencer-se de que o idiota era bom. Certa vez disseram-lhe: o Azevedo parece resignado: vai montar casa para a Benevente. Maria teve um grande ódio e no outro dia Azevedo estava de dentro outra vez, louco de amor e ainda mais perdulário.

— Maria resignara-se?

— Para a obra da vingança, tornando-o epicamente ridículo. Não importava a pessoa, a questão era do ato. Ah! Eu imagino sempre, quando o meu egoísmo quer eternizar o amor, o desespero de um pobre ente sem poder livrar-se de outro que se molda e curva e dá tudo, e é passivo e é humilde. Há torturas, imperceptíveis à maioria dos mortais, que são dantescas. E nenhuma como essa em que o ambiente, a fatalidade, o destino forçam a vitória do mais fraco dando-lhe o que deseja; fazendo-o realizar o seu fim, impondo-o a outro corpo, a gozá-lo, a senti-lo, apalpá-lo. A grande desgraça do amor, a maior desgraça é essa, porque laça ao mesmo horror duas almas. Maria devia ter crises de desespero e de lágrimas, e quanto Azevedo devia sofrer na sua muda humildade de cão sedento de carícias! E quando levou-a para o Pará, a chilena tinha a nevrose de enganá-lo. Ora, imaginem vocês, em Belém, terra pequena, onde Azevedo tinha posição evidente! As denúncias anônimas choveram exigindo vergonha, mais pudor, mais brio. O grosso Azevedo lia e calava, porque, se revelasse uma palavra das cartas, Maria fechava-lhe a porta semanas e semanas. Uma vez, entretanto, como recebesse uma denúncia violenta, Azevedo teve tensões de ciúmes e foi encontrá-la como a princesa Falconière da Dalila, cantando num barco com certo tenor de *zarzuela*[17]. Não havia dúvida! O cônsul do Haiti berrou de cólera, o tenor deu às gambias, a polícia apareceu. O escândalo, porém, permitiu a Maria um desses cinismos épicos. Agarrou o Azevedo pelo casaco, meteu-o dentro do carro sem dizer palavra, ofegante, e ao chegar a casa mediu-o de alto a baixo e teve esta frase, célebre há cinco anos: — O senhor é um indigno! Desconfia de mim!

É preciso pensar o alcance, a extensão moral de uma dessas frases num cérebro, obsedado pela ideia de não perder

---

17 Zarzuela é um gênero de teatro musical espanhol que mistura canto e fala.

uma carne cada vez mais desejada. Maria dissera por cinismo profissional. Ele sentiu-se comovido a princípio. Afinal se enganava, procurava não o afrontar. Já era uma consideração. E depois enganá-lo-ia ela? Há tantos inocentes condenados mesmo com provas visíveis comprometedoras! E o tenor sem querer, foi a pedra angular do casamento.

— Oh! não...

— Quinze dias depois da cena Azevedo sentiu que nem de negócio e de borracha poderia entender mais. Maria, muda, grave, solene, vivia com o quarto fechado sem responder primeiro aos seus insultos, depois às suas ironias, depois aos desesperos e já agora aos rogos, porque Azevedo vivia como à espera da notícia de ter um mal irremediável, sem dormir, sem descansar, só pensando que de novo ela o deixaria. E dessa vez para sempre. Então caiu de joelhos, suplicou, pedindo perdão, jurando que não vira nada, que jamais acreditaria na calúnia... Há entre os sexos um ódio latente. Quando um se humilha a outro, esse outro toma crueldades de tirano, refocila em perversidades e em excessos. A chilena percebeu a excelência do momento, teve um assomo de dignidade, borrifada de lágrimas: Cale-se, Azevedo! O senhor é um ingrato! Nunca mais serei sua! Desconfiar de mim. Só se me der uma grande prova de confiança, o seu nome, a sua mão...

Na roda correu um desabalado riso, que fez voltar-se o grupo aspirante ao secretariado diplomático. O barão limpou o seu monóculo de cristal e continuou tranquilamente:

— Ela nesse tempo era mais magra e tinha os cabelos castanhos, mas de um castanho que às vezes era quase negro e de outras vezes se tornava quase louro. Esse cabelo era sua alma. Azevedo, coitado! refletiu vinte dias, torturou-se vinte dias. E nesses vinte dias, a Maria lutou, em arte e manha, mais que um diplomata, graduando sabiamente as concessões que dessem ao velho apaixonado uma vaga ideia do que poderia ser o lar com uma doce criatura meiga, boa, fiel, sem azedumes, sem neurastenias. Os amigos, sabedores do desastre, reuniram-se para salvar Azevedo. Todos os meios falhavam; ou antes redundavam a favor da Maria. Um rapaz, Teofano de Abreu, se bem me recordo, latagão inteligente e bem colocado da colônia portuguesa, com certo desejo na Maria, prestou-se a um sacrifício colossal: fazer-lhe a corte, conseguir possui-la e vir contar depois para o Azevedo o fato. A Maria não resistiu, e Teofano, apesar de ter gostado, sacrificou-se:

"Azevedo, disse em presença de várias testemunhas, não podes casar com a Maria." — "Por quê?" — "Porque te engana." — "Não admito que insultem uma mulher que vive comigo." — "Mas foi comigo, venho agora de lá. Ela será incapaz de negar na minha cara. E se faço este ato indigno é para te salvar de uma horrível e irremediável indignidade." Azevedo fez-se pálido, correu casa e no outro dia não cumprimentou mais nenhum dos seus amigos. Era fatal. E afinal, para de novo possuir Maria, casou...

Fui encontrá-los em Paris, elegantemente instalados numa das avenidas da Etoile, um palácio discreto. Maria tinha carruagens, coupé elétrico, arrastava à noite pelos pequenos teatros maravilhosas capas de peles de muitos bilhetes de mil e frequentava vários lugares maus porque vendo-a um dia a pé a rodar um bistrô, lembrei-me que bem podia estar de paixão por algum jovem apache, que os apaches são os homens belos de Paris. E mesmo provável que tivessem deixado Paris, quando já Maria dava uns chás a alguns vagos titulares internacionais, por alguma chantagem de escândalo, que o Azevedo teve de saber e pagar. Mas isso não era nada! As exigências e o descaro de Maria cresceram na proporção do embrutecimento do marido.

Quando voltaram de Paris, ela exigiu no seu palacete toda a ala direita mobiliada à indiana, com autênticos bambus de Calcutá, ponches de cobre de Benarés, deuses bramânicos de porcelana e de metal. O seu quarto tinha guarnições de seda verde pregadas a grampos de coral; os cortinados eram de gaze de Dekan, a mais leve gaze do mundo. Aos pés da cama, um Vichnou[18] de marfim, o deus dos ricos, olhava-a a dormir. Frequentava-os por essa ocasião uma turbamulta de homens sem preconceitos e rapazes bem-dispostos, que forneciam as traições ao Azevedo. Maria era uma pilha de nervos. Não se resignara ao pobre cônsul; e a sua neurastenia explodia em desejos de humilhações e um desenfreado apetite de sedução. À mesa, fazia o cônsul levantar-se, ir buscar o seu leque ao segundo andar, para beijar o conviva,

---

18 Vichnou (ou Vishnu) é um dos principais deuses do hinduísmo, conhecido como o preservador e protetor do universo. Ele é frequentemente representado com quatro braços, segurando vários objetos simbólicos, e é venerado por sua benevolência e poder de manter a ordem cósmica.

principalmente quando o jantar era a três. De outras vezes, marcava-lhe a hora da entrada: — Preciso estar só. Apareça depois da meia-noite. E nesses dias sempre alguém conhecia a pele de tigre real com forro de brocado rubro que havia na terceira sala da ala esquerda, onde se amontoava a coleção de armas usadas por todos os soldados dos rajás imagináveis. Vocês riem! Eu afinal tenho pena. Esse homem ganhava rios de dinheiro, gozava de boas relações... Julguei-o um indigno. Não era. Era e é um ser que ama. Qual de nós não tem o seu segredo inconfessável e um desejo irreprimível? O amor é o desejo, mas o desejo da completa satisfação, dessa ilusão dos sentidos. Quando se quer assim, somos arrastados como por uma corrente. Há casos piores a que apertamos a mão...

— Mas, agora, que fazem eles?

— Não os vejo há dois anos. Naturalmente ela quer ser família. É uma aspiração natural. Vi-a com ele, na abertura da Câmara, numa pose de duquesa pintada pelo La Gandara[19]. Decerto já se resignou ao Azevedo e estão ambos aqui, a gozar o inverno, a dar a impressão de que são felizes. E entretanto a Maria é a alma envenenada, agrilhoada a um corpo que detesta, desejando, no desequilíbrio de carne, a tropa dos homens, desejando, no desequilíbrio de moral, a posição e o respeito; o Azevedo é o pobre bruto sacrificando tudo, a honra, o dinheiro, a vergonha, rastejando o ignóbil só para que lho consintam um pouco de amor pela

---

19 Antonio de La Gandara (1861-1917) foi um pintor francês de origem espanhola, conhecido por seus retratos da alta sociedade parisiense durante a Belle Époque. Suas obras são reconhecidas pela atenção aos detalhes, pelo realismo elegante e pela capacidade de capturar a essência aristocrática de seus modelos.

criatura que lhe agradou aos sentidos. E ambos desgraçados, desvairados, seguem a vida, com o sorriso no lábio e a vaga inquietação no olhar febril.

Nesse momento, a bela chilena, Maria de Azevedo, ergueu-se. O impertinente fraldiqueiro saltou da cadeira. O homenzinho baixo também, de outra. Ela viu o barão, que se levantou, curvou-se. Azevedo abriu os braços.

— Oh! você! Há dois anos!

— Donde vem?

E os dois homens abraçaram-se. Ele parecia velho, meio desconfiado. Ela, sob a luz opalizada das cortinas brancas, sorria, um sorriso misto de inexprimível ironia e de vaga satisfação, enquanto os seus olhos pousavam, como uma perturbadora carícia, na mesa em que Alberto Guerra continuava. a almoçar, seguro dos seus bíceps, dos seus brilhantes e talvez dos seus versos, no *brouhaha*[20] entontecedor do vasto *hall*.

---

20 Brouhaha é uma palavra de origem francesa que foi adotada em inglês e posteriormente incorporada ao português na forma "bruaá". Em todas essas línguas, a palavra se refere a um alvoroço, confusão ou tumulto. Ela é usada para descrever uma situação em que há muita agitação, discussão ou controvérsia, geralmente em resposta a um evento ou declaração que causa grande atenção ou indignação pública.

Dentro da Noite

— Então causou sensação?
— Tanto mais quanto era inexplicável. Tu amavas a Clotilde, não? Ela coitadita! parecia louca por ti e os pais estavam radiantes de alegria. De repente, súbita transformação. Tu desapareces, a família fecha os salões como se estivesse de luto pesado. Clotilde chora... Evidentemente havia um mistério, uma dessas coisas capazes de fazer os espíritos imaginosos arquitetarem dramas horrendos. Por felicidade, o juízo geral é contra o teu procedimento.
— Contra mim?
Podia ser contra a pureza da Clotilde.
Graças aos deuses, porém, é contra ti. Eu mesmo concordaria com o Prates que te chama velhaco, se não viesse encontrar o nosso Rodolfo, agora, às onze da noite, por tamanha intempérie metido num trem de subúrbio com o ar desvairado...
— Eu tenho o ar desvairado?
— Absolutamente desvairado.
— Vê-se?
— É claro. Pobre amigo! Então, sofreste muito? Conta lá. Estás pálido, suando apesar da temperatura fria, e com um olhar tão estranho, tão esquisito. Parece que bebeste e que choraste. Conta lá. Nunca pensei encontrar o Rodolfo Queirós, o mais elegante artista desta terra, num trem de

subúrbio, às onze de uma noite de temporal. É curioso. Ocultas os pesares nas matas suburbanas? Estás a fazer passeios de vício perigoso?

O trem rasgara a treva num silvo alanhante, e de novo cavalava sobre os trilhos. Um sino enorme ia com ele badalando, e pelas portinholas do vagão viam-se, a marginar a estrada, as luzes das casas ainda abertas, os silvedos empapados d'água e a chuva lastimável a tecer o seu infindável véu de lágrimas. Percebi então que o sujeito gordo da banqueta próxima — o que falava mais — dizia para o outro:

— Mas como tremes, criatura de Deus! Estás doente?

O outro sorriu desanimado.

— Não; estou nervoso, estou com a maldita crise.

E como o gordo esperasse:

— Oh! meu caro, o Prates tem razão! E teve razão a família de Clotilde e tens razão tu cujo olhar é de assustada piedade. Sou um miserável desvairado, sou um infame desgraçado.

— Mas que é isto, Rodolfo?

— Que é isto! É o fim, meu bom amigo, é o meu fim. Não há quem não tenha o seu vício, a sua tara, a sua brecha. Eu tenho um vício que é positivamente a loucura. Luto, resisto, grito, debato-me, não quero, não quero, mas o vício vem vindo a rir, toma-me a mão, faz-me inconsciente, apodera-se de mim. Estou com a crise. Lembras-te da Jeanne Dambreuil quando se picava com morfina[21]?

---

21 A morfina é um potente analgésico opioide derivado da papoula do ópio, usado para aliviar dores intensas, como as causadas por cirurgias ou câncer. A morfina pode causar efeitos

Lembras-te do João Guedes quando nos convidava para as *fumeries* de ópio[22]? Sabiam ambos que acabavam a vida e não podiam resistir. Eu quero resistir e não posso. Estás a conversar com um homem que se sente doido.

— Tomas morfina, agora? Foi o desgosto decerto...

O rapaz que tinha o olhar desvairado perscrutou o vagão. Não havia ninguém mais — a não ser eu, e eu dormia profundamente... Ele então aproximou-se do sujeito gordo, numa ânsia de explicações.

— Foi de repente, Justino. Nunca pensei! Eu era um homem regular, de bons instintos, com uma família honesta. Ia casar com a Clotilde, ser de bondade a que amava perdidamente. E uma noite estávamos no baile das Praxedes, quando a Clotilde apareceu decotada, com os braços nus. Que braços! Eram delicadíssimos, de uma beleza ingênua e comovedora, meio infantil, meio mulher — a beleza dos braços das Oreadas pintadas por Botticelli[23], misto de castidade mística e de alegria pagã. Tive um estremecimento. Ciúmes? Não. Era um estado que nunca se apossara de mim:

---

colaterais como sonolência, náusea e depressão respiratória, além de ter um alto potencial de dependência e abuso.

22 As fumeries de ópio eram estabelecimentos onde o ópio era consumido, especialmente durante o século XIX. Esses locais eram comuns em algumas partes do mundo, como na China e em algumas cidades europeias. Neles, as pessoas fumavam ópio em cachimbos ou outros dispositivos, buscando os efeitos relaxantes e analgésicos da substância. No entanto, o uso do ópio nessas fumeries frequentemente levava à dependência e a problemas de saúde.

23 Sandro Botticelli (1445-1510) foi um renomado pintor italiano do Renascimento. Ele é conhecido por suas obras cheias de elegância, beleza e detalhes mitológicos, como "O Nascimento de Vênus" e "A Primavera". Já as Oreadas são ninfas da mitologia grega que habitam as montanhas e grutas. Elas são frequentemente associadas à natureza e representam a beleza natural dos ambientes montanhosos. A figura de linguagem evoca uma imagem de figuras mitológicas graciosas e etéreas, pintadas com o estilo característico de Botticelli, que inclui linhas suaves, cores vibrantes e uma atenção minuciosa aos detalhes e à beleza idealizada.

a vontade de tê-los só para os meus olhos, de beijá-los, de acariciá-los, mas principalmente de fazê-los sofrer. Fui ao encontro da pobre rapariga fazendo um enorme esforço, porque o meu desejo era agarrar-lhe os braços, sacudi-los, apertá-los com toda a força, fazer-lhes manchas negras, bem negras, feri-los... Por quê? Não sei, nem eu mesmo sei — uma nevrose! Essa noite passei-a numa agitação incrível. Mas contive-me. Contive-me dias, meses, um longo tempo, com pavor do que poderia acontecer O desejo, porém, ficou, cresceu, brotou, enraizou-se na minha pobre alma. No primeiro instante, a minha vontade era bater-lhe com pesos, brutalmente. Agora a grande vontade era de espetá-los, de enterrar-lhes longos alfinetes, de cosê-los devagarinho, a picadas. E junto de Clotilde, por mais compridas que trouxesse as mangas, eu via esses braços nus como na primeira noite, via a sua forma grácil e suave, sentia a finura da pele e imaginava o súbito estremeção quando pudesse enterrar o primeiro alfinete, escolhia posições, compunha o prazer diante daquele susto de carne que havia de sentir.

— Que horror!

— Afinal, uma outra vez, encontrei-a na *sauterie*[24] da viscondessa de Lajes, com um vestido em que as mangas eram de gaze. Os seus braços — oh! que braços, Justino, que braços! — estavam quase nus. Quando Clotilde erguia-os, pare-

---

24 Sauterie é uma palavra francesa que pode ser traduzida como "salto" ou "brincadeira". No entanto, em um contexto mais específico, sauterie se refere a um baile ou festa informal, geralmente caracterizada por um ambiente descontraído e animado. É um evento social onde as pessoas dançam e se divertem de maneira descontraída, sem a formalidade e o rigor de grandes bailes ou eventos sociais mais sérios.

cia uma ninfa que fosse se metamorfoseando em anjo. No canto da varanda, entre as roseiras, ela disse-me: "Rodolfo, que olhar o seu. Está zangado?" Não foi possível reter o desejo que me punha a tremer, rangendo os dentes. — "Oh! não! fiz. Estou apenas com vontade de espetar este alfinete no seu braço." Sabes como é pura a Clotilde. A pobrezita olhou-me assustada, pensou, sorriu com tristeza: — "Se não quer que eu mostre os braços por que não me disse há mais tempo, Rodolfo? Diga, é isso que o faz zangado?" — "É, é isso, Clotilde." E rindo — como esse riso devia parecer idiota! — continuei: "É preciso pagar ao meu ciúme a sua dívida de sangue. Deixe espetar o alfinete." — "Está louco, Rodolfo?" — "Que tem?" — "Vai fazer-me doer" — "Não dói." — "E o sangue?" — "Beberei essa gota de sangue como a ambrosia do esquecimento." E dei por mim, quase de joelhos, implorando, suplicando, inventando frases, com um gosto de sangue na boca e as fontes a bater, a bater... Clotilde por fim estava atordoada, vencida, não compreendendo bem se devia ou não resistir Ah! meu caro, as mulheres! Que estranho fundo de bondade, de submissão, de desejo, de dedicação inconsciente tem uma pobre menina! Ao cabo de um certo tempo, ela curvou a cabeça, murmurou num suspiro: "Bem. Rodolfo, faça..., mas devagar, Rodolfo! Há de doer tanto!". E os seus dois braços tremiam.

Tirei da botoeira da casaca um alfinete, e nervoso, nervoso como se fosse amar pela primeira vez, escolhi o lugar, passei a mão, senti a pele macia e enterrei-o. Foi como se fisgasse uma pétala de camélia, mas deu-me um gozo complexo de que participavam todos os meus sentidos. Ela teve um ah! de dor, levou o lenço ao sítio picado, e disse, magoadamente: "Mau!"

— Ah! Justino, não dormi. Deitado, a delícia daquela carne que sofrera por meu desejo, a sensação do aço afundando devagar no braço da minha noiva, dava-me espasmos de horror! Que prazer tremendo! E apertando os varões da cama, mordendo a travesseira, eu tinha a certeza de que dentro de mim rebentara a moléstia incurável. Ao mesmo tempo em que forçava o pensamento a dizer: nunca mais farei essa infâmia! todos os meus nervos latejavam: voltas amanhã; tens que gozar de novo o supremo prazer! Era o delírio, era a moléstia, era o meu horror...

Houve um silêncio. O trem corria em plena treva, acordando os campos com o desesperado badalar da máquina. O sujeito gordo tirou a carteira e acendeu uma *cigarreta*.

— Caso muito interessante, Rodolfo. Não há dúvida de que é uma degeneração sexual, mas o altruísmo de S. Francisco de Assis também é degeneração e o amor de Santa Tereza[25] não foi outra coisa. Sabes que Rousseau[26] tinha pouco mais ou menos esse mal? É mais um tipo a enriquecer a série enorme dos discípulos do marquês de Sade[27]. Um homem de espírito já definiu o sadismo: a depravação

---

25 São Francisco de Assis (1181-1226) foi um santo católico conhecido por seu altruísmo, simplicidade e amor pela natureza e pelos pobres. Santa Teresa de Ávila (1515-1582), por sua vez, foi uma mística e reformadora carmelita, reconhecida por seu intenso amor a Deus e suas profundas experiências espirituais.

26 Jean-Jacques Rousseau (1712-1778), um filósofo, escritor e compositor suíço, conhecido por suas ideias sobre a educação e a sociedade,

27 Donatien Alphonse François, Marquês de Sade (1740-1814), um escritor francês famoso por suas obras que exploram o libertinismo extremo, a violência e a perversão sexual, dando origem ao termo "sadismo".

intelectual do assassinato. É um Jack hipercivilizado[28], contenta-se com enterrar alfinetes nos braços. Não te assustes. O outro resfolegava, com a cabeça entre as mãos.

— Não rias, Justino. Estás a tecer paradoxos diante de uma criatura já do outro lado da vida normal. E lúgubre.

— Então continuaste?

— Sim, continuei, voltei, imediatamente. No dia seguinte, à noitinha, estava em casa de Clotilde, e com um desejo louco, desvairado. Nós conversávamos na sala de visitas. Os velhos ficavam por ali a montar guarda. Eu e a Clotilde íamos para o fundo, para o sofá. Logo ao entrar tive o instinto de que podia praticar a minha infâmia na penumbra da sala, enquanto o pai conversasse. Estava tão agitado que o velho exclamou: — "Parece, Rodolfo, que vieste a correr para não perder a festa."

Eu estava louco, apenas. Não poderás nunca imaginar o caos da minha alma naqueles momentos em que estive a seu lado no sofá, o *maelstrom*[29] de angústias, de esforços, de desejos, a luta da razão e do mal, o mal que eu senti saltar-me à garganta, tomar-me a mão, ir agir, ir agir... Quando ao cabo de alguns minutos acariciei-lhe na sombra o braço, por cima da manga, numa carícia lenta que subia das mãos para os ombros, entre os dedos senti que já tinha o alfinete, o alfinete pavoroso. Então fechei os olhos, encolhi-me, en-

---

28 Referência a Jack, o Estripador, o notório assassino em série que aterrorizou Londres no final do século XIX. Jack, o Estripador, é conhecido por seus crimes brutais contra mulheres, que envolveram mutilações horríveis.

29 "Maelstrom" é uma palavra de origem dinamarquesa que descreve um poderoso redemoinho no mar ou em um rio. Metaforicamente, também pode ser usada para descrever uma situação ou estado de movimento confuso ou tumulto violento.

colhi-me e finquei. Ela estremeceu, suspirou. Eu tive logo um relaxamento de nervos, uma doce acalmia. Passara a crise com a satisfação, mas sobre os meus olhos os olhos de Clotilde se fixaram enormes e eu vi que ela compreendia vagamente tudo, que ela descobria o seu infortúnio e a minha infâmia. Como era nobre, porém! Não disse uma palavra. Era a desgraça. Que se havia de fazer?...

Então depois, Justino, sabes? foi todo o dia. Não lhe via a carne, mas sentia-a marcada, ferida. Cosi-lhe os braços! Por último perguntava: — "Fez sangue, ontem?" E ela pálida e triste, num suspiro de rola: "Fez"... Pobre Clotilde! A que ponto eu chegara, na necessidade de saber se doera bem, se ferira bem, se estragara bem! E no quarto, à noite, vinham-me grandes pavores súbitos ao pensar no casamento porque sabia que se a tivesse toda havia de picar-lhe a carne virginal nos braços, no dorso, nos seios... Justino, que tristeza!...

De novo a voz calou-se. O trem continuava aos solavancos na tempestade, e pareceu-me ouvir o rapaz soluçar. O outro, porém estava interessado e indagou:

— Mas então como te saíste?

— Em um mês ela emagreceu, perdeu as cores. Os seus dois olhos negros ardiam aumentados pelas olheiras roxas. Já não tinha risos. Quando eu chegava, fechava-se no quarto, no desejo de espaçar a hora do tormento. Era a mãe que a ia buscar. "Minha filha, o Rodolfo chegou. Avia-te." E ela de dentro: "Já vou, mãe". Que dor eu tinha quando a via aparecer sem uma palavra! Sentava-se à janela, consertava as flores da jarra, hesitava, até que sem forças vinha tombar a meu lado, no sofá, como esses pobres pássaros que as serpentes fascinam. Afinal, há dois meses, uma criada viu-lhe os braços, deu o alarme. Clotilde foi interrogada, confessou tudo numa onda de soluços. Nessa mesma tarde recebi uma carta seca do velho desfazendo o compromisso e falando em crimes que estão com penas no código.

— E fugiste?

— Não fugi; rolei, perdi-me. Nada mais resta do antigo Rodolfo. Sou outro homem, tenho outra alma, outra voz, outras ideias. Assisto-me endoidecer Perder a Clotilde foi para mim o soçobramento total. Para esquecê-la percorri os lugares de má fama, aluguei por muito dinheiro a dor das mulheres infames, frequentei alcouces. Até aí o meu perfil foi dentro em pouco o terror As mulheres apontavam-me a sorrir, mas um sorriso de medo, de horror.

A pedir, a rogar um instante de calma eu corria às vezes ruas inteiras da Suburra, numa enxurrada de apodos. Esses entes querem apanhar do amante, sofrem lanhos na fúria do amor, mas tremem de nojo assustado diante do ser que pausadamente e sem cólera lhes enterra alfinetes. Eu era ridículo e pavoroso. Dei então para agir livremente, ao acaso, sem dar satisfações, nas desconhecidas. Gozo agora nos *tramways*[30], nos *music-halls*[31], nos comboios dos

---

30 Refere-se aos bondes ou elétricos, um meio de transporte urbano que se tornou comum nas cidades no final do século XIX.

31 São teatros ou locais de entretenimento popular onde se apresentavam variados espetáculos, incluindo música, dança, comédia e vaudeville. Os music-halls eram centros de diversão e cultura na vida urbana.

caminhos de ferro, nas ruas. E muito mais simples. Aproximo-me, tomo posição, enterro sem dó o alfinete. Elas gritam, às vezes. Eu peço desculpa. Uma já me esbofeteou. Mas ninguém descobre se foi proposital. Gosto mais das magras, as que parecem doentes.

A voz do desvairado tomara-se metálica, outra.

De novo, porém a envolveu um tremor assustado.

— Quando te encontrei, Justino, vinha a acompanhar uma rapariga magrinha. Estou com a crise, estou... O teu pobre amigo está perdido, o teu pobre amigo vai ficar louco...

De repente, num entrechocar de todos os vagões o comboio parou. Estávamos numa estação suja, iluminada vagamente. Dois ou três empregados apareceram com lanternas rubras e verdes. Apitos trilaram. Nesse momento, uma menina loira com um guarda-chuva a pingar, apareceu, espiou o vagão, caminhou para outro, entrou. O rapaz pôs-se de pé logo.

— Adeus.

— Saltas aqui?

— Salto.

— Mas que vais fazer?

— Não posso, deixa-me! Adeus!

Saiu, hesitou um instante. De novo os apitos trilaram. O trem teve um arranco. O rapaz apertou a cabeça com as duas mãos como se quisesse reter um irresistível impulso. Houve um silvo. A enorme massa resfolegando rangeu por sobre os trilhos. O rapaz olhou para os lados, consultou a botoeira, correu para o vagão onde desaparecera a menina loira. Logo o comboio partiu. O homem gordo recolheu a sua curiosidade, mais pálido, fazendo subir a vidraça da janela. Depois estendeu-se na banqueta. Eu estava incapaz de erguer-me, imaginando ouvir a cada instante um grito doloroso no outro vagão, no que estava a menina loira. Mas o comboio rasgara a treva com o outro silvo, cavalgando os trilhos vertiginosamente. Através das vidraças molhadas viam-se numa correria fantástica as luzes das casas ainda abertas, as sebes empapadas d'água sob a chuva torrencial. E à frente, no alto da locomotiva, como o rebate do desespero, o enorme sino reboava, acordando a noite, enchendo a treva de um clamor de desgraça e de delírio.

História de Gente Alegre

— O terraço era admirável. A casa toda parecia mesmo ali pousada à beira dos horizontes sem fim como para admirá-los, e a luz dos pavimentos térreos, a iluminação dos salões de cima contrastava violenta com o macio esmaecer da tarde. Estávamos no Smart-Club, estávamos ambos no terraço do Smart-Club, esse maravilhoso terraço de vila do Estoril, dominando um lindo sítio da praia do Russel — as avenidas largas, o mar, a linha ardente do cais e o céu que tinha luminosidades polidas de faiança persa. Eram sete horas. Com o ardente verão ninguém tinha vontade de jantar. Tomava-se um aperitivo qualquer, embebendo os olhos na beleza confusa das cores do ocaso e no banho víride de todo aquele verde em redor. As salas lá em cima estavam vazias; a grande mesa de bacará, onde algumas pequenas e alguns pequenos derretiam notas do banco — a descansar. O soalho envernizado brilhava. Os divãs modorravam em fila encostados às paredes — os divãs que nesses clubes não têm muito trabalho. Os criados, vindos todos de Buenos Aires e de S. Paulo, criados italianos, marca registrada como a melhor em Londres, no Cairo, em New York, empertigavam-se. E a viração era tão macia, um cheiro de salsugem polvilhava a atmosfera tão levemente, que a vontade era de ficar ali muito tempo, sem fazer nada. Mas a noite já estendia o seu negro brocado picado de estrelas e no *plein-air*³² do terraço começavam a chegar os *smart-diners*. Que curioso aspecto! Havia franceses condecorados, de gestos vulgares, ingleses de *smoking* e parasita à lapela, americanos de casaca e também de brim branco com sapatos de jogar o *football* e o *lawn-tennis*, os elegantes cariocas com risos artificiais, risos postiços, gestos a contragosto do corpo, todos bonecos vítimas da diversão *chantecler*, os *noceurs*³³ habituais, e os *michés* ricos ou jogadores, cuja primeira refeição deve ser o jantar, e que apareciam de olheiras, a voz pastosa, pensando no *bac chemin de fer*³⁴; no 9 de cara e nos pedidos do último béguin. O prédio, mais uma "vila" da bacia do Mediterrâneo, ardia na noite serena, parecia a miragem dos astros do alto; as toalhas brancas, os cristais, os baldes de cristofle tinham reflexos. Por sobre as mesas corria como uma farândola fantasista de pequenas velas com *capuchons* coloridos, e vinha de cima uma valsa lânguida, uma dessas valsas de lento inebriar, que adejam voos de mariposas e têm fermatas que parecem espasmos. No meio daquela roda de homens, que se cumprimentavam rápidos, dizendo apenas as últimas sílabas das palavras: — B'jour; Plo... deus! Logo, iam chegando as *cocottes*, as modernas Aspásias da insignificância. Algumas vinham a arrastar vestidos de cinco mil francos; outras tinham atitudes simplistas dos primitivos italianos. Havia na sombra do terraço, um desfilar de figuras que lembra-

---

32 Plein-air é uma expressão francesa que significa "ao ar livre".
33 Refere-se a pessoas que são habituais frequentadores de festas noturnas e eventos sociais, geralmente com conotações de indulgência e hedonismo.
34 Uma versão do jogo de cartas baccarat, muito popular em cassinos.

vam Rossetti e Helleu, Mirande e Hermann-Paul, Capielo e Sem, Julião e também Abel Faivre, porque havia *cocottes* gordas, muito gordas e pintadas, ajaezadas de joias, suando e praguejando. Falavam todas as línguas estrangeiras — o espanhol, o francês, o italiano, até o alemão com o predomínio do parigot, do argot, da langue verte. Só se falava mesmo calão de boulevard. Fora, à entrada, paravam as lanternas carbunculantes dos autos, havia fonfons roucos, arrancos bruscos de máquinas H.P 60. Aquele ambiente de internacionalismo à parisiense cheio do rumor de risos, de gluglus de garrafas, de piadas, era uma excitação para a gente chique. O barão André de Belfort, elegantíssimo na sua casaca impecável, convidara-me para um jantar a dois em que se conversasse de arte antiga — porque ele tinha estudos pessoais sobre a noção da linha na Grécia de Péricles. Evidentemente, antes de terminar o jantar teríamos a mesa guarnecida por alguma daquelas figurinhas escapas de Tanagra ou qualquer dos gordos monstros circulantes...

De súbito, porém na alegria do terraço ouvi por trás de mim, uma voz de mulher dizer:

— Pois então não sabes que a Elsa morreu hoje de madrugada?

Não me voltei. A mulher conversava noutra mesa. Mas senti um pasmo assustado. Elsa! Seria a Elsa d'Aragon, uma carnação maravilhosa de dezoito anos, lançada havia apenas um mês por um *manager* de *music hall*, cuja especialidade sexual era desvirginar meninas púberes? Seria ela com os seus olhos verdes, a pele veludosa de rosa-chá e aquela esplêndida cabeleira negra de azeviche? E morrer em plena apoteose, cheia de joias e de apaixonados! Indaguei do meu conviva:

— Morreu a Elsa d'Aragon?

O barão Belfort encomendava enfim o cardápio. Acabou tranquilamente agrave operação, descansou o monóculo em cima da mesa.

— Exatamente. Parece que a apreciavas? Pobre rapariga! Foi com efeito ela. Morreu esta madrugada.

— De repente?

— Com certeza. Devia ter sido uma linda morte. Beleza horrível. Não se fala noutra coisa hoje nas pensões de artistas, em todos os conventilhos elegantes patronados pelas velhas *cocottes* ricas, nas rodas dos jogadores. A Elsa era muito *nature*[35], com a fobia do artifício, mas soube morrer furiosamente.

— Como foi?

Neste momento chegara a "bisque" e o balde com a Moet, brut imperiale, que o velho dândi bebe sempre desde o começo do jantar.

O barão atacou a "bisque", deu não sei que ordem ao maitre-d' hôtel, e murmurou:

— É uma história interessante. Você decerto ainda não quis fazer a psicologia da mulher alegre atirando-se a todos os excessos por enervamento de não ter o que fazer? Quase todas essas criaturas, altamente cotadas ou apenas da calça-

---
35 O termo nature vem do francês e, nesse contexto, refere-se a uma pessoa autêntica, natural e sem artifícios.

da, são, como direi? as excedidas das preocupações. Estão sempre enervadas, paroxismadas. O meio é atrozmente artificial, a gargalhada, o champagne, a pintura encobrem uma lamentável pobreza de sentimentos e de sensações. Ao demais, a vida tem um regulamento geral de excessos, e elas fatalmente pela lei, têm que fazer pagar caro e arruinar os idiotas, têm de amar um rapazola miserável que lhes coma a chelpa e as bata, têm que embriagar-se e discutir os homens, os negócios das outras, tudo mais ou menos exorbitando. Uma paixão de *cocotte* é sempre caricatural, é sempre para além do natural, do verdadeiro, e a sua pobre vida, tenha ela centenas de contos ou viva sem um real pelas bodegas reles, é sempre uma hipótese falsificada de vida, uma espécie de *fjord* num copo d'água, à luz elétrica. Todas amam de modo excepcional, jogam excessivamente, embriagam-se em vez de beber, põem dinheiro pela janela afora em vez de gastar, quando choram, não choram, uivam, ganem, cascateiam lágrimas. Se têm filhos, quando os vão ver fazem tais excessos que deixam de ser mães, mesmo porque não o são. Duas horas depois os pequenos estão esquecidos. Se amam, praticam tais loucuras que deixam de ser amantes, mesmo porque não o são. Elas têm várias paixões na vida. Cinco anos de profissão acabam com a alma das galantes criaturinhas. Não há mais nada de verdadeiro. Uma interessante pequena pode se resumir: nome falso, crispação de nervos igual à exploração dos "gigolôs" e das proprietárias, mais dinheiro apanhado e beijos dados. São fantoches da loucura movidos por quatro cordelins da miséria humana.

— A Elsa, então?

— A Elsa foi atirada subitamente numa pensão do Catete. Sabes o que é a vida em casas de tal espécie. Elas acordam para o almoço, em que aparecem vários homens ricos. O almoço é muito em conta, os vinhos são caríssimos.

A obrigação é fazer vir vinhos. Desde manhã elas bebem champagne e licores complicados. Nesses almoços discute-se a generosidade, a tolice, ou a voracidade dos machos. A tarde é dada a um ou a dois. Às cinco toilette e o passeio obrigatório. À noite, o jantar em que é preciso fazer muito barulho, dançar entre cada serviço ou mesmo durante, dizer tolices. Depois o passeio aos music-halls, com os quais têm contrato as proprietárias, e a obrigação de ir a um certo club aquecer o jogo. Cada uma delas tem o seu *cachet* por esse serviço e são multadas quando vão a outro — que, como é de prever, paga a multa. O resto é ainda o homem até dormir. Nesse fantochismo lantejoulado há vários gêneros: o doidivana, o sério, o reservado, o *nature*, o romântico, e para encher o vazio, os vícios bizarros surgem. Elas ou tomam ópio, ou cheiram éter, ou se picam com morfina, e ainda assim, nos paraísos artificiais são muito mais para rir, coitadas! mais malucas no manicômio obrigatório da luxúria. A Elsa era do gênero *nature*. Ancas largas, pele sensível, animal sem vícios. Tentou os petimetres, os banqueiros fatigados, os rapazes calvos e, com oito dias estava com os nervos esgarçados, estava excedida. Mesmo porque, desde a primeira hora olhava-a com seu olhar de mona a Elisa, a interessante Elisa.

— Ah!

— Elisa é um tipo talvez normal nesse ambiente. Tem os cabelos cortados, usa eternamente um gorro de lontra. Nunca a vi com uma joia e sem o seu tailleur cor-de-castanha. É feia, não deve agradar aos homens, mas presta-se a todos os pequenos serviços dessas damas. Escreve cartas, arranja entrevistas, tem conhecimentos, e dizem-na com todos os vícios, desde o abuso do éter até o unissexualismo. Ora, era Elisa com os seus dois olhos mortos e velados que olhava Elsa, e Elsa sentia uma extraordinária repugnância, um nojo em que havia medo ao mais simples contato. Elisa sorria, a Elisa que está sempre nesses lugares, sem colete com o seu corpo de andrógino morto. E era em toda parte aquele mesmo olhar acompanhando Elsa, pregando-se a todos os seus gestos, lambendo cada atitude da criatura. Uma noite, as duas Lacroix Ducerny, as que vestem sempre iguais e fazem fortuna em comum, asseguraram-me que Elisa já não servia para nada, perdida, louca de paixão; e, com grande pasmo meu ao entrar num *club* ultrainfame, eu vi a Elsa com um conhecido banqueiro e, muito naturalmente, Elisa ao lado. Era a aproximação...

— Safa!

— Meu caro, nada de repugnâncias. Prove este faisão. Está magnífico. Ora, ontem, no Casino, como a pobre Elsa estava totalmente fora dos nervos e com um vestido verdadeiramente admirável, tive prazer em ir apertar-lhe a mão. — "Então, como vai com esta vida?" — "Como vê, muito bem." — Mas está nervosa." — "Há de ser de fal-

ta de hábito. Acabo por acostumar." — 'Com um tão belo físico..." — "Não seja mau, deixe os cumprimentos." E de súbito: — "Diga-me, barão, não há um meio da gente se ver livre disto? Não posso, não tenho mais liberdade, já não sou eu. Hoje, por exemplo, tinha uma imensa vontade de chorar." — "Chore, é uma questão de nervos. Ficará decerto aliviada." — "Mas não é isso, não é isso, homem!" — "Se a menina continua a gritar, participo-lhe que vou embora."
— "Não, meu amigo, perdoe. E que eu estou tão nervosa! tanto! tanto... Queria que me desse um conselho." — "Para quê?" — "Para aliviar-me."
— "É difícil. Você sofre de um mal comum, a surmenagem do artifício. Eu podia dizer-lhe: recolha-se a um convento. Mas pareceria brincadeira e talvez viesse a morrer mística, a conversar com os anjos, como Swedenborg[36]. Conheci algumas que acabaram assim. Podia também, se fosse um idiota, aconselhar a vida honesta. Mas isso seria impossível porque o pesar de ter saído desta em que o desperdício é a norma, a saudade e as lembranças deixá-la--iam amargurada. Depois não tem recursos e teria sempre que pôr em circulação o seu lindo capital."
— "Barão, por quem é, fale-me sinceramente."
— "Então, minha filha, aconselho uma paixão ou um excesso, um belo rapaz ou uma extravagância." — "Nesta roda não há belos rapazes." — "De acordo, há quando muito velhos recém-nascidos. Mas é recorrer à multidão, pas-

---

[36] Emanuel Swedenborg (1688 — 1772) foi um cientista, filósofo e teólogo sueco que alegou ter visões e conversas com anjos e espíritos.

sar uma noite percorrendo os bairros pobres, experimentar. Ou então, minha cara, um grande excesso: champagne, éter ou morfina..." Voltei-me para a sala. Num camarote fronteiro a Elisa olhava com os seus dois olhos de morta. "E se não a repugna muito uma grande mestra dos paraísos artificiais, a Elisa." — "Não fale alto, que ela percebe." — "Então já a sabia lá?" "Corri-a ontem do meu quarto. É um demônio." — "Mas você precisa de um demônio."
— "O que ela faz..." — "Já sei, toda a gente faz. Mas naturalmente ela é excepcional." — "Barão, vá embora." — "Adeus, minha querida." Quando dei a volta para falar a Elisa, já esta deixara vazio o camarote.

— E então, como morreu a linda criatura?

— Aceitando o meu conselho. A sua morte pertence ao mistério do quarto, mas devia ser horrível. Elsa partiu do music-hall diretamente para casa, pretextando ao banqueiro que lhe ia pôr um pequeno palácio, a forte dor de cabeça — a clássica *migraine* das *cocottes* enfaradas ou excedidas. E apareceu na ceia da pensão como uma louca, a mandar abrir champagne por conta própria. Quando por volta de uma hora apareceu a figura de larva da Elisa, deu um pulo da cadeira, agarrou-lhe o pulso: "Vem; tu hoje és minha!" Houve uma grande gargalhada. Essas damas e mais esses cavalheiros tinham uma grande complacência com a Elisa, e aquela vitória excitava-os. Elisa molemente sentou-se ao lado da Elsa, que bebia mais champagne, sentia afrontações e torcia os dedos da apaixonada por baixo da mesa. Era o desespero. Mimi Gonzaga assegurou-me que ela recebera uma carta da mãe logo pela manhã. No fim, Elsa, pálida e ardente, dizia: "*Viens, mon chéri, que e te baise!*" e mordia raivosamente o pescoço da Elisa. Via-se a repugnância, raiva com que ela fazia a cena de Lesbos — pobre rapariga sem inversões e estetismos a Safo... A ceia acabou em espetáculo, e acabaria com todos os espectadores, se algumas mulheres com ciúmes dos seus senhores — ah! como elas são idiotas! — não os tivessem levado. Elsa às duas e meia fez erguer-se a Elisa, calada e misteriosamente fria. "Vão tomar morfina?" interrogou um dos assistentes, "cuidado, hem?" Elsa deu de ombros, sorriu, saiu arrastando a outra. E a desaparição foi teatral ainda. Os olhos verdes da Elisa bistrados, a sua cabeleira desnastra, agarrando com um desespero de bacante a pastosidade oleosa e aloirada da miserável que a queria.

— Que horror!

— A coitadinha aturdia-se. E o processo habitual. Para mostrar a sua livre vontade caía na extravagância, agarrava o tipo que a repugnava, para mergulhar inteiramente no horror. Estive quase a acreditar que tivesse recebido alguma lembrança dos parentes, e imaginei um instante a cena sinistramente atroz do quarto enfim, como uma larva diabólica, o polvo loiro da roda iria arrancar um pouco de vida àquela linda criatura ardente, ainda com uns restos d'alma de mulher... Nunca porém pensei no fim súbito.

— Pelas cinco horas da manhã, a pensão acordava a uns gemidos roucos, que vinham do quarto de Elsa. Eram bem gritos estertorados de socorro. As mulheres desceram em fralda, os criados ergueram-se com o sorriso cínico habituado àquelas madrugadas agitadas de ataques e de delírios histéricos. A porta do quarto estava fechada. Bateram, bateram muito, enquanto lá dentro o som rouco rouquejava. Foi preciso arrombar a porta. E a cena fez recuar no primeiro momento a tropa do alcouce. Como luz havia apenas a lamparina numa redoma rosa. O quarto, cheio de sombra, mostrava, em cima das poltronas, as sedas e os *dessous* de renda da Elsa. Um frasco de éter aberto, empestava o ambiente. A Elisa, o corpo da Elisa estava de joelhos à beira da cama. Os braços pendiam como dois tentáculos cortados. Inteiramente nua, o corpo divino lívido, os cabelos negros amarrados ao alto como um casco de ébano, Elsa d'Aragon, as pernas em compasso, a face contraída ainda sentada garrava com as duas mãos numa crispação atroz, a cabeça da Elisa. Era Elisa que rouquejava. Elsa estava bem morta, o corpo já frio. Devia ter havido luta, resistência de Elsa, triunfo da mulher loira e por fim sem fim até a morte. enquanto a outra se estorcia, apertava-a, arrancava-lhe os cabelos, machucava-lhe o rosto — aquele horror. Elsa entrara do nada debatendo-se, vítima de um suplício diabólico, mas no último espasmo as suas mãos agarram a assassina. Quando esta afinal satisfeita quis erguer-se, sentiu-se presa pelos cabelos, tentou lutar, viu que a pobre era cadáver. E passou-se então para o monstro o momento do indizível terror, o momento em que se vê para sempre o mundo perdido porque ficou imóvel rouquejando, de joelhos, a cabeça no regaço do cadáver, que mantinha nas mãos cerradas a massa dos seus cabelos de ouro. Os dedos de resto pareciam de aço. Uma das mulheres recorreu à tesoura para despegar a cabeça de Elisa das mãos do cadáver. Quando o corpo tombou no leito com um punhado de cabeleira nas mãos, o bando estremunhado viu surgir a face de Elisa, tão decomposta, tão velha que parecia outra, como que aparvalhada.

Houve um silêncio. O criado servia frutas geladas, esplêndidas peras de Espanha e uvas das regiões vinhateiras da Burgonha, grandes uvas negras. O barão trincou de uma pera.

— Foi uma complicação para afastar a polícia e impedir notícias nos jornais que desmoralizariam a casa. Elisa seguiu horas depois para o hospício, babando e estertorando. A Elsa devia ter sido enterrada hoje à tarde. Estive lá a ver o cadáver. Tinha ainda nas mãos cerradas fios de cabelos loiros, como se quisesse arrancar para o túmulo a prova desesperada da sua morte horrível.

E mordeu com apetite a pera. No salão de cima uma valsa lenta, chorada pelos violinos, enlanguecia o ar. Das mesas do terraço entre a iluminação bizantina das velas de *capuchons* coloridos subia o zumbido alegre feito de risos e de gorjeios de todas aquelas mulheres que o jantar alegrava.

O Monstro

— Ah! Eu sou um monstro!

— Palavra?

— E um monstro, meus amigos, que pode confessar os seus apetites sem correr o risco de poder contemplar o mundo através das grades de um cárcere. Eu sou um infame.

Ditas estas palavras, Luciano de Barros estendeu-se, desalentado, no divã e soprou para o ar o fumo do charuto. Era depois de jantar e nós estávamos em casa de Lauriana de Araújo, uma das mais elegantes raparigas, de uma vaga semi-sociedade em falha, sustentada por um velho banqueiro de tavolagens e com grandes pretensões a mulher de espírito e à literatura. Os jantares eram sempre excelentes; o "maitre d'hôtel" irrepreensível, os serviços lindos, e bem se podia notar naquele ambiente, onde o velho banqueiro tinha o bom gosto de não aparecer, que Lauriana de Araújo sabia escolher com arte uma roda de homens citável. Havia nomes da Academia, nomes da alta elegância, o creme das duas casas do Parlamento, e sempre as altas figuras em trânsito propagador. Naquela casa de jantar cor-de-morango com frisos de faiança representando a glória de Pomonajá tinham estado um embaixador severo e um quase presidente de grande república europeia. Ao acabar os jantares, Lauriana, sempre de rendas brancas, como envolta em espumas, acendia um cigarro e palestrava. Os homens recostavam-se nos divãs e posavam. De vez em quando tocava-se piano. Quase sempre, entretanto, na varanda guarnecida de jasmins, ouvia-se um séptuor de instrumentos de cordas. Era perfeitamente agradável. Ninguém ignorava que a anfitriã amável realizara já uma grande fortuna e que sabia, como ninguém, liquidar em seu proveito o dinheiro alheio sem estrépitos escandalosos. Só como amante de um ministro, obtendo concessões entre beijos, no espaço de três meses arranjara quinhentos contos.

— Farsista! Tu, infame? Tu não passas de um ingênuo... Era o conselheiro Andrade, conhecido por quarenta anos de ceias consecutivas, desde o remoto Rocher de Cancale até os desvairamentos dos *cercles* atuais.

— Eu, ingênuo?
— Pois então? Um infame, nunca diz que o é.
— Conforme.
— Afinal, intervinha Lauriana, o Luciano disse que era um monstro quando eu perguntava como compreendia o amor. O Luciano é sempre bizarro. Vai dizer para aí alguma barbaridade e liquida a infâmia.

— É impossível, minha amiga. Por que sou eu o dedicado servidor, e servidor sem interesse, de todas as mulheres? Nunca ninguém me perguntou. E, entretanto, é apenas por um permanente e cruciante remorso. Tenho trinta e dois anos, um físico menos mau, visto discretamente, sou mais inteligente do que o vulgar e tenho algum dinheiro. Para vocês, nada mais banal. Com esses elementos congregados, porém, e com uma alma incapaz de amar e de se dedicar senão à variedade, consigo numa sociedade moderna ser simplesmente o monstro. Como? Ora, como! Fazendo-me amar...

Um prolongado riso correu pelo salão de fumar

O deputado Almerindo quase engasga, o conselheiro Andrade ergueu as mãos ao teto e o célebre poeta acadêmico Clodomir rebolou positivamente no divã. Luciano continuou tranquilo:

— É preciso partir do princípio que toda a mulher ama. Apenas, porém, ama ingenuamente e deixa-se seduzir, deixa-se amar amando absolutamente uma vez na vida: a primeira. As outras paixões são o resultado do cálculo, do egoísmo, da satisfação dos desejos. É ela a sedutora e seja para o bem ou para o mal, para elevar o homem ou para perdê-lo, para sofrer-lhe as pancadas ou fazer-lhe da vida um rosário de beijos, o seu papel moral é sempre o ativo.

— Estás a lançar paradoxos.

— Estou a dizer coisas velhas. Mas o ambiente, o meio, conseguem também matar o primeiro sentimento. O amor é um perfume sutil... Uma pequena de sociedade elevada, mais ou menos culta, sabendo que há de casar com alguém da sua roda, talvez não ame nunca. Uma rapariga atirada desde cedo ao torvelinho dos bailes, das festas e dos flertes é uma lutadora prestes a devorar o seu marido próximo. E mesmo as moças de família modesta, desde cedo obrigadas a uma profissão e ao exercício de encontrar um esposo, entregando-se aos maiores excessos de permissão aos namorados, quase sempre fatais, não sentem o amor...

— O amor morreu.

— O amor é eterno, mas nem todos o podem ver, através da perversão do flerte ou das luxúrias perdidas. E a minha imensa monstruosidade está exatamente em procurar o amor, gozar esse perfume e perdê-lo. É, talvez, muito vago o que estou a dizer, mas é horrível. Ando por todos esses clubes e aborreço as mulheres que arrastam vestidos de contos de réis; percorro os bailes e os *raouts*[37] com medo das *flirteuses*[38]; frequento as caixas de teatro e em cada mulher que se pende para mim, sinto a falsificação. Que fazer? Percorrer os meios humildes, e descobrir, pobrezitas e sem nada, as crianças que ainda não amaram. Imaginem vocês um homem com todos os instintos de perversão da nossa roda como facilmente pode empolgar uma alma ingênua, seduzida apenas pelo exterior.

Dizem que nas grandes cidades não há o tipo ingênuo, a inocência... A inocência é uma propriedade, uma qualidade que passa, mas existe em toda a parte. Nas classes mais pobres, nos meios mais miseráveis é que se encontra mais a flor da inocência, exposta ao vendaval e guardando o perfume, por um prodígio. Desfolhar essa flor, violentamente, como um sátiro, não é crime — é instinto. Gozá-la naturalmente sem a intenção senão de a gozar — é a natureza. Cercá-la, prendê-la, ir aos poucos aspirando-a, desfolhando pétala por pétala, com refinamento, intenção dupla, consciente e ferozmente — é que é monstruoso. E vocês

---

37 Raouts: É uma palavra francesa que se refere a reuniões sociais elegantes ou festas formais.

38 Flirteuses : Termo francês que designa mulheres que flertam excessivamente, ou seja, as que estão constantemente em busca de paqueras e flertes.

não sabem, não podem imaginar a fúria de caçador que eu desenvolvo para as encontrar, vocês não concebem o gozo meu ao prelibar a volúpia de um beijo de virgem, um beijo sugado na boca ainda não beijada...

Eu vou, eu passo, eu cumprimento. No dia seguinte torno a passar Três dias depois, mando-lhe uma recordação. Tudo é tão simples com os pobres! Dentro em pouco a criaturinha sente-se envolvida numa atmosfera de cuidados e de delicadezas. A princípio é apenas a vaidade. Um homem tão bem vestido, tão distinto, tão fino, que podia ser amado por lindas mulheres da sua ordem... Depois o orgulho, a sensação de que é melhor do que as outras por ter sido a preferida, — orgulho que se perfuma de gratidão, uma vaga, muito vaga sensibilidade. Em seguida, a alegria da intimidade de um ente que não a ralha, que lhe reflete em admirações como um espelho simpático todas as pequenas belezas da sua beleza. Mas, ainda assim, não é amor, é brincadeira agradável, o namoro — o namoro que está para o flerte como a pureza de uma água pura para a falsificação de um vinho mau. Eu persisto, então, continuo, prolongo a grande cena. E de repente a criança sente o ciúme, um doce e ingênuo ciúme que tem zelos até do inanimado, anseia, treme, e ri e chora sem saber por que, toda ela possuída do perpétuo mal da vida. Então, eu sinto no íntimo uma alegria infernal. É o meu esporte, o meu exercício, o meu prazer de homem da cidade. As regras são infalíveis como para todos os jogos, e a vitória sorri-me. Tenho satisfeito o meu desejo?

Não! Ao contrário. É o grande momento, o momento do iniciador. As carícias na mão, puxando essa mão que resiste instintivamente e treme, as carícias nos braços, os contatos fugazes que indicam tudo, um beijo nos cabelos, outro longo, guloso, mordido, na nuca... Gozar as gradações do reconhecimento do gozo, a face que enrubesce, o calor da pele, os olhos que enlanguescem e de repente se dilatam como ao reflexo de um clarão, as frases curtas de negativas... É a fascinação inebriante. Toda a minha tática, entretanto, se faz em torno do que a inocência mais custa a dar: a boca. Eu tenho a nevrose das bocas. Há algumas muito vermelhas. Há outras de um róseo-pálido. O movimento da língua passando pelos lábios dá-me crises desesperadas, e certas criaturas quando riem sugerem-me auroras em que eu desejo estancar toda a sede de uma noite em claro, que é a minha vida. Às vezes, o beijo rogado vem de súbito. De outras, a princípio é um leve roçar de lábios, depois uma pressão mais longa, enfim, a absorção, a loucura num ambiente em que mesmo de olhos abertos vejo, sinto, cheiro, ouço toda uma sinfonia rósea dos sentidos...

Na roda, os cavalheiros pareciam um pouco nervosos, e Lauriana batia o leque de sândalo. O conselheiro Andrade, o menos excitado, exclamou, de olhos em alvo:

— Caramba! É uma doença cerebral...

Luciano, de olhos cerrados, parecia em êxtase. Então o poeta indagou:

— E que fazes depois?

— Que faço? Aí tens tu o meu horror. Fico com um grande dó da criança, acaricio-a ainda mais, envolvo-a na jura de um amor infinito, chorando a frieza do meu coração incapaz de amar uma só criatura mais de seis meses. E é o mês dos sofrimentos, em que a vida se me faz dilema: — ou casas com essa rapariga para abandoná-la ou, se a levas contigo sem o casamento, cometes o crime ainda maior de perder-lhe a honra. Então, no silêncio do quarto, pensando nela, vendo-a a todo o instante, soluço, choro, deploro-me, escorcho a alma com a violenta ideia de achar um pretexto para não perdê-la. O amor, porém, o amor verdadeiro é um breve perfume da virgindade. É senti-lo e é partir. Eu me debato, mas para que serve? Algumas desvairadas têm vindo até ao desenlace e estão por aí. Outras eu perco de vista, aos poucos, porque mais adiante outras parecem-me ainda em botão.

— Não é muito bonito, mas nada tem de ofensivo.

— Achas?

— Há quarenta anos, sem psicologias malsãs, serias apenas um bandoleiro. Agora, com essa mania de análises das próprias sensações, é que te julgas um monstro.

Luciano de Barros deitou fora o charuto que se lhe apagara entre os dedos.

— Infelizmente, nós somos levianos, nós os homens, em tomo desse grave e doloroso sentimento. Que sou eu? Um homem que borboleteia a sua perversão pelos botões entreabertos da vida. Até é bonito! E quem uma vez sentiu a delícia deliciosa de uma boca virgem que se entrega pela primeira vez, deve ter de mim inveja. Mas, se eu me sinto infame?

Ainda agora venho de um caso assim. Era uma pequena de quinze anos, alegre como um pássaro. O seu riso lembrava um chilreio e a sua boca cheirava a rosa. Três meses depois, sincera, nobre, pura, ela amava, amava sem interesse, apesar de paupérrima, sem nunca ter recebido uma dádiva que não fosse inteiramente inútil. Dera-lhe o meu nome, mas ignorava o que eu era, onde morava, qual o meu modo de vida. Amava como se ama aos quinze anos, cegamente, e eu tinha essa sensação meio triste, meio ridícula de me saber amado com um encanto de sonho. Que era ela? Um personagem de conto. Que era eu? O príncipe... A crise do amor na estufa preparada por mim floriu. Talvez eu mesmo estivesse mais apaixonado do que parecia. Propus-lhe a fuga, o rapto. Resistiu com o seu fundo honesto, tanto que lhe propus casamento. Ela sorriu entre lágrimas, erguendo os dois grandes olhos negros. — "Não sabes o que dizes! Somos de condições tão diferentes! Isso é impossível." — "Mas, então, que queres?" — "Nada, não quero nada, coisa nenhuma." Eu voltei, continuei a vê-la, mas insensivelmente, a minha lamentável alma sentia a necessidade do afastamento, querendo conservá-la. Ela continuava tal qual, iluminando o semblante quando me via. Certa vez disse-me: — "Às vezes quase não tenho coragem de voltar a casa, com medo de me matar." — "Vem comigo, então." — "Não. Já hoje chorei tanto..." Eu gozava aquele martírio por minha causa, aquela inocência perturbada pela minha figura... Há quinze dias não a vi à janela. Passei no outro dia, e interroguei à vizinhança. Tinham-na levado os padrinhos por causa de umas crises de choro que a definhavam. E eu estou na agonia, a pensar nessa criatura pura e doce.

— D. João, sossega! Hás de ver a pequena casada, como as outras.

— Ou perdida, sentenciou, grave, Lauriana.

Luciano ergueu-se, consertando a gravata branca.

— Ou talvez morta, porque já tem acontecido...

Então, a linda Lauriana sorriu com infinita tristeza.

— Mas não te julgues, com esse exagero de análise e de pretensão, o único monstro, meu caro amigo. A cidade está cheia desses defloradores do amor. A vida é uma luta de sexos. Há criaturinhas que morrem ceifadas em betão, depois de levemente aspiradas pelos intelectuais gastos como tu. Há outras, porém, que resistem e ficam como eu.

Houve um prolongado silêncio. Ninguém rira. E, só, Luciano de Barros, muito pálido, diante de um grande espelho, parecia pasmo da própria fisionomia. Fora, o séptuor tocava uma valsa lenta, entre os jasmins.

O Carro da Semana Santa

Para nós, vindos de peregrinar pelas igrejas, a luz Auer[39] que iluminava o café era talvez desagradável. Ficáramos todos lívidos, com uma face de orgia. Sob o teto baixo, entre as mesas de mármore lustroso, os criados arrastavam os passos já meio exaustos, e como a sala fosse forrada de espelhos, velhos espelhos que reproduziam apagadamente os perfis, estávamos como num aquário, esquisitos, espectadores de uma cena em que tomávamos parte, em que nos víamos a representar noutro mundo — um mundo sem data, sem tempo, sem fim. Algumas vezes dávamos com um gesto nosso a desaparecer de súbito esburado pela falta de aço num pedaço de espelho, e era desinteressante, desoladoramente desinteressante. De resto, a noite fora curiosa. Éramos um pequeno grupo: dois homens que riam de tudo e pagavam a despesa, um menino com ares de Antino viçoso, cujos princípios todos ignoravam, um poeta obrigado a ser espirituoso, dois jornalistas, eu. Havia também um homem chamado Honório. Tomávamos uma mistura repugnante de álcoois variados e tínhamos vindo cansados de dar encontrões na última igreja. A quinta-feira santa dissolvera na cidade a impalpável essência da luxúria e dos maus instintos.

---

[39] A luz Auer, ou Auer-Oslight, é uma lâmpada de filamento de metal desenvolvida por Carl Auer von Welsbach e comercializada em 1902. Ela substituiu os filamentos de carbono, oferecendo maior durabilidade, consumo reduzido de eletricidade e maior robustez. No início do século XX, essa tecnologia foi usada para iluminação de ruas no Brasil.

Quanta coisa de profano, de sacrílego, de horrível havíamos visto no redemoinhar da turba pela nave dos templos? Fúrias dos bairros sórdidos esmolando com a opa das irmandades para o Senhor Morto, bandos de rapazes estabelecendo o arrocho junto do altar-mor para beliscar as nádegas das raparigas, adolescentes do comércio com os olhos injetados roçando-se silenciosamente entre as mulheres, e mulheres, muitas mulheres, raparigas vestidas de branco, de azul, de cores vivas, matronas de luto fechado, pretas quase apagadas em panos negros, mestiças cheirando a éter floral, com gargalhadinhas agudas, o olhar ardente, todas como que picadas pela tarântula do desejo. A dolorosa cerimônia tinha qualquer coisa de orgíaco, como em geral as cerimônias religiosas deste fim de raça, em que os instintos inconfessáveis se escancaram ao atrito dos corpos, nos grandes agrupamentos. Na Candelária, junto a uma das colunas, o rapaz que lembrava Antino tivera a lembrança de se colocar entre uma cabrocha e um alentado sujeito "para verificar o escândalo", dizia ele. Em S. Francisco, o cidadão Honório batera no ombro de uma espanhola de mantilha, apontando-lhe a porta, para dizer-nos quando já ela se sumia: "Uma nevrosada: gatuna de carteiras pela semana santa." E nós estávamos afinal, naquele café do Carceler, perto de duas igrejas a comentar a extravagância sensual da multidão.

— Fazer horrores junto ao corpo do Senhor Morto! Mas deve ser uma delícia! paradoxou o jovem ambíguo.

— Pois está visto! gaguejou um dos desconhecidos que pagara.

Nós sorríamos, fartos de igrejas e de sacrilégios, e íamos sair, quando o cidadão Honório, que até aquele momento não falara, murmurou:

— Tudo na vida é luxúria. Sentir é gozar, gozar é sentir até ao espasmo. Nós todos vivemos na alucinação de gozar, de fundir desejos, na raiva de possuir. É uma doença? Talvez. Mas é também verdade. Basta que vejamos o povo para ver o cio que ruge, um cio vago, impalpável, exasperante. Um deus morto é a convulsão, é como um sinal de porneia. As turbas estrebucham. Todas as vesânias anônimas, todas as hiperestesias ignoradas, as obsessões ocultas, as degenerações escondidas, as loucuras mascaradas, inversões e vícios, taras e podridões desafivelam-se, escancaram, rebolam, sobem na maré desse oceano. Há histéricas batendo nos peitos ao lado de carnações ardentes ao beliscão dos machos; há nevropatas místicas junto a invertidos em que os círios, os altares, os panos negros dos templos acendem o braseiro, o incêndio, o vulcão das paixões perversas. A semana santa! Tenho medo desta quinta-feira. Para quem conhece bem uma grande cidade, esse dia especial sem rumores, sem campainhas, é um tremendo dia em que os súcubos e os íncubos voltam a viver. Até as ruas cheias de sombra parecem incitar ao crime, até o céu cheio de estrelas e de luar põe no corpo dos homens a ânsia vaga e sensual de um prazer que se espera.

Às palavras do cidadão Honório fizera-se em torno um expectante silêncio. O homem era pálido, de uma palidez bistrada. Estava vestido de preto e a sua mão exangue tinha no dedo mínimo como a quebrá-lo um negro morcego de aço prendendo entre as garras o turvo brilho de uma opala. Só então reparamos que não ria e talvez assustasse almas menos céticas. Ele, de resto, após uma pausa, continuou sem que lho pedissem.

— Oh! sim! Tenho medo desta quinta-feira porque vocês veem o vício aparente, o vício às claras, o vício que os jornais não noticiam apenas em atenção ao arcebispado. Eu vi o vício que se não vê e dão calafrio do supremo horror, o vício misterioso e devorador rodando em tomo das igrejas. Há três anos acompanho-o. Ainda agora, ao sairmos da Candelária, lá estava ele na praça, fatal, definitivo, cruel, esperando...

Aquela confissão era a de um doente. O pequeno Antino abriu a polpa carnuda do lábio num sorriso de flor que desabrocha.

— Honório, que vicio é esse? Fale. Morremos de curiosidade.

— O vicio que ninguém vê? Conta lá.

— E o carro da semana santa.

— O carro? regougou um dos cavalheiros, é boa é muito boa!

— Quem sabe? fez Honório pensativo. Depois, num repente: Há três anos, quinta-feira de endoenças, resolvi sair à noite. Não deveria ter saído. Neste dia a cidade visita igrejas. Além das igrejas só a impressionam as confeitarias com os seus balcões de bombons e os botequins. Saí, entretanto, assim de preto, com um fraque idêntico. Estive numa confeitaria, hesitei alguns minutos, e afinal, como estivesse no largo da Carioca, comecei a subir para a igreja da Ordem 3ª. Ia inconscientemente quase. Ao deixar a confeitaria, tinha o vago desejo de ver se encontrava qualquer coisa de interessante, e estava ali, de repente, com vontade de uma perversão qualquer, com o instinto de qualquer coisa de bem baixo, de bem vil, de bem indigno, em que refocilar o meu temperamento à solta. Talvez as luzes trêmulas, aquela gente que subia devagar e descia depressa, ao cheiro de suor, de perfume barato, de cosméticos e de cera, o roçar da canalha, o contato do meu corpo com outros corpos, peles de mãos ásperas umas, algumas macias, sugestionassem os nervos do meu pobre ser; talvez apenas fosse o fundo de lama com que fomos todos feitos... O fato é que ao voltar à rua da Carioca, eu era um homem que deseja, cuja percepção da luxúria é mais aguda, cujos nervos vibram mais. Uma saia repuxada, o relevo forte de uma anca, os encontrões brutais dos marçanos em traje de ver a Deus, dois olhos mais acesos, faziam-me parar, retroceder, pensar em frases, morder o bigode, andar devagar em tomo dos vendedores de doces e de refrescos, excitado pela frescura das peles, pelos trechos de carne ocultos, com as têmporas a suar frio e um calor nas faces, uma palpitação... A vontade do acanalhamento devorava-me, e eu ao mesmo tempo que queria satisfazê-la, queria ocultá-la.

    Ninguém, todavia, dera ainda por aquela nevrose, quando senti perfeitamente dois olhos pregados nos meus movimentos. Onde esses dois olhos? Eu os sentia, eu os sentia bem. Onde? Voltei-me, observei, desconfiado. A turba rumorejava na semipenumbra. Não havia ali cara que me olhasse. Só, perto do chafariz, dando àquele canto uma nota anormal, uma velha berlinda com os estores arriados, parecia esperar alguém. Que berlinda, filhos! Lembrava um velho carro da Assistência. Era suja, era grande, era vasta, quase um leito. Na boleia o cocheiro parecia de pedra, e os estores de pano vermelho estavam imóveis. Estaria vazia? Esperava mesmo alguém? Dei uma volta indagadora em torno, e tive, oh! sim! tive a certeza de que ali dentro havia uma criatura, que ali vibrava estranhamente alguém, porque assim como sentira o calor, o fluido ardente de dois olhos fixos sobre mim, a descobrir-me a alma, sentia agora que a minha observação perturbava esses olhos. Quem estaria naquele carro? Quem? Um homem? Uma mulher? Quis falar ao cocheiro, mas, de repente, a berlinda pôs-se em movimento, desaparecendo pesadamente na rua Uruguaiana.

Fiquei um instante trepidante, nervoso. Mas é um fato que quando as crises de porneia da multidão agem sobre os nervos dos fracos, esses começam por desejar seguir alguém, seja quem for, com o desejo flutuante, o cio indeciso e como que tocado também de uma curiosidade malsã pelo vício dos outros. O carro desaparecendo causou-me uma vaga tristeza. Como seria agradável o que se fazia dentro, nas suas velhas almofadas! Larguei-me para a Candelária, que me pareceu um teatro tanta era a gente e tanta a luz elétrica, e estava lá roçando-me à turba, quando vi um conhecido. Sai então à pressa, sem lhe dar tempo aos cumprimentos e às fatais perguntas; sai, mergulhei de novo nas ruas mal-iluminadas, em que o luar punha uma suave pulverização de sonho. Iria a S. Bento, que tem um morro, árvores, mais sombras, mais recantos sugestivos, o Arsenal pegado e a vista do mar — o pai de todos os grandes vícios incomensuráveis...

Quando, porém, ia chegando ao Arsenal, lá dei com o carro outra vez, vasto como um quarto, com o cocheiro impassível e os estores vermelhos. A sombra cobria a calçada; no céu andava a Lua num estendal de ouro-pálido. Que esquisito peregrinar! que estranha peregrinação! Abriguei-me no desvão de uma porta. Passaram-se dez minutos assim, e era impossível apagar a ansiedade dos meus nervos para descobrir o enigma. A berlinda parecia tremer a capota empoeirada sob o sudário do luar. Depois, rodou devagar, como se tivesse uma alma e estivesse a disfarçar uma ação feia. Ao chegar ao escuro beco de Bragança parou, a portinhola abriu-se, uma sombra golfou, então aí a berlinda precipitou a marcha. Deus! que seria aquilo? Um crime? uma extravagância? A passeata de algum crente agonizando, que tivesse feito a promessa de arrastar a sua agonia aos pés de todos os corpos de Jesus expostos? Mas a sombra? Eu amo o horror das coisas inacreditáveis. Meti-me quase a correr pelo beco. No meu cérebro havia um escachoar de ideias...

Não encontrei a sombra, o vulto que eu vira sair do carro. E a procurá-la, de rua em rua, com a face a queimar, fui até a igreja do Rosário. Como? Não sei. O sangue latejava-me nas têmporas, um suor viscoso molhava-me a palma das mãos. Quando dei por mim, tinha diante de mim a velha igreja, e ao canto esquerdo do templo, exatamente igual, tal qual, a velha berlinda. Coincidência... Há desses encontros de gente que nunca se falará, em reuniões dominadas pelo vício. Não filosofei, porém. Fui ao cocheiro, querendo saber. — "Olá, camarada, desocupado? "- "Não", respondeu ele seco. — "Pago bem." — "Não posso, já disse." — "Tem alguém aí então?" O cocheiro cuspiu para o lado. "Ó seu, vá se pondo fora, se não quer que lhe aconteça alguma." Fiquei sem palavra e ele tocou.

Mas o desejo de conhecer a razão daquelas paradas à beira das igrejas era muito. Segui por onde vira perder-se a berlinda. "Ainda a vejo hoje!" pensava. E de fato, fui encontrá-la quase ao fim da noite, em frente à catedral, do lado do largo do Paço. Não me aproximei. Era melhor esperar de longe. O trecho da rua ardia em luzes, tal qual como hoje. Vendedores ambulantes serviam com estrépito refrescos e doces. Gente de preto ia, vinha, passava, desdobrando pelas calçadas negras serpentes interminais. Fuzileiros navais ébrios, malandros de calça bombacha, marinheiros, formavam grupos perigosos, fora da calçada. Criaturas ambíguas chispavam olhares desvairados de esguelha, no burburinho da populaça. De repente, o carro começou a mover-se, foi até a rua Sete, depois embicou para a esquerda, para o lado dos jardins. Precipitei-me. A berlinda misteriosa acompanhava um marinheiro, forte homenzarrão hercúleo e jovem. Não havia dúvida. Era. Oh! se era! Ia devagar, devagar... O marinheiro, a princípio hesitava. Em seguida pareceu compreender a inutilidade de fugir, relanceou os olhos a ver se o espreitavam, e seguiu bamboleando o passo, — um passo que espera o chamado. Em frente ao Telégrafo parou, cortou pelo jardim, como se fosse para o ex-Mercado. A berlinda rodou mais depressa pela primeira quebra dos jardins, e foi encontrá-lo, já atravessando a rua para a rampa. Aí o rapagão estacou. O carro também. De dentro falaram, deviam ter falado, porque o marinheiro aproximou-se da portinhola que se abriu, tragando. Fiquei estarrecido, com tais palpitações que sentia no pescoço a artéria bater. Já a berlinda descia lentamente, como quem dá uma volta à espera de freguês. Perto de mim, meia dúzia de catraeiros olhavam com esse ar de mordente complacência que a canalha tem a receber as fraquezas da gente da alta. Compus a fisionomia, indaguei.

— É boa aquela do carro, hem?
— É danada! respondeu um dos tipos.
— O que admira é a resistência dela! exclamou outro.
— Como resistência?
— Pois V. S. não sabe? É a mulher do carro da semana santa. Já está muito conhecida. Vem sempre naquele carro e chama os que agradam...
— E vocês vão?
— Rapaziada não respeita... ela paga bem.
— E são muitos?
— Ela só aparece na semana santa. Mas é até pela manhãzinha.

Recuei. Ali, naquele velho carro, rodando à beira das igrejas, uma Górgona de vício abria a fauce tragando as flores da ralé, gente que lhe servia de pasto a troco de dinheiro; naquele carro silencioso estorcia-se uma nevrose desesperada; naquela berlinda, misteriosamente, a fúria de um súcubo, a ânsia de uma diabólica fundia nos braços um bando de homens com o desespero sensual despedaçador! Oh! o vício que se não vê! Essa criatura, essa criatura! E, há três anos, todas as quintas-feiras santas, acompanho a berlinda procurando vê-la, procurando encarar o polvo de luxúria, que lá dentro distende os tentáculos. Quem será? Uma senhora de sociedade? Uma perdida? Sei lá! Uma louca, uma desvairada, uma desgraçada, de que ninguém sabe o nome, de que ninguém talvez possa reconhecer o semblante, na rua, quando passa...

— Delicioso caso! fez o efebo literato erguendo o corpo airoso, que recordava os pajens dos Valois. Honório pôs-se de pé. Todos nós fizemos o mesmo em silêncio. A história impressionara, e principalmente a ele, ao Honório, ao próprio narrador. Talvez quisesse ainda rever a berlinda. O fato é que chegou à porta, consultou o relógio, e ia despedir-se, quando de súbito esticou a mão exangue, onde a opala lembrava o perturbado brilho de sua alma.

— Olhem, lá está ela, lá está... Era fatal... Ninguém sabe o que encerra. É o segredo das vítimas. Não. É o segredo dela apenas... Espera decerto alguém. Estão vendo? Naquele pedaço de sombra, junto à igreja... Ao lado há um beco. A vítima sairá do beco... Espantoso. Já ouvi dizer que é uma mulher com bexigas, outrora bela. Um dos convidados conseguiu, disse-me, ver-lhe a cara através do véu. Conta que é queimada. Mas não. Outros asseguram que tem pústulas. É a lenda. A opinião geral é mesmo a de ser uma formosa senhora de alta posição. Não! não é nada disso. É apenas o horrível vício que se não vê, a luxúria exasperada...

Nós olhávamos a sombra, nervosos, como à espera. Honório falava intercortado, estava quase de cera, e parou subitamente de falar. Uma camisa branca surgira à portinhola da berlinda, parara. Era um adolescente. Vimos um gesto de negativa, vimos, apesar do gesto, a portinhola abrir-se, vimos o rapaz pôr o pé no estribo, ser como que puxado, e logo o ruído seco da portinhola.

— Mas é um crime! ganiu um dos senhores que pagavam as despesas.

— Quem sabe? fez frio o cidadão Honório.

Nesse momento as luminárias da igreja apagaram. Acabara a visitação ao Senhor Morto. Havia a confusão natural nos fins de tais solenidades: gente apressada, senhoras nervosas por apanhar conduções, homens parados a ver se lhe agradavam as mulheres, gritos mais fortes de vendedores ambulantes, estalar de chicotes, carros, chamados, pragas. E, como a rua tivesse caído na sombra, já se sentia o luar da noite esplêndida iluminar os jardins interminos, lá, mais longe.

O cidadão Honório despediu-se. O carro rodava devagar no meio da turba compacta. Era o mesmo carro de que ouvíramos a história, velho, sujo, vasto, lembrando a Assistência, o mesmo a levar o horror desesperado, a fúria da volúpia voraz, o pavoroso mistério do vício delirante...

A Mulher Excepcional

— Está a brincar!
— Sério. É irrevogável. Preciso um pouco de ar, um pouco de descanso, de repouso, de sossego. A vida desta cidade ataca-me muito os nervos...

Era no salão de Irene de Souza, o salão em que a esplêndida atriz fundira o confortável inglês com o luxo do antigo, espalhando entre os divãs fartos da casa Mapple, *bergères* mais ou menos autênticas do século XVIII, contadores do tempo de Carlos V, e por cima das mesas, por cima dos móveis, nos porta-bugigangas de luxo, marfins orientais, esmaltes árabes, estatuetas raras, fotografias com dedicatórias notáveis. Irene de pé, diante da secretária, sorria, estendendo-me as duas mãos finas, nervosas, enquanto os seus dois grandes olhos ardiam mais loucos e mais passionais.

Irene de Souza! Que legenda e que beleza! Os seus inimigos asseguravam-na apanhada como criada de servir perto de um quartel para os lados de S. Cristóvão; outros diziam-na filha de uma família muito distinta do Sul. Ao certo, porém ninguém sabia senão aquela aparição brusca no teatro, bela como a Vênus de Médicis, a arrastar nos decadentes tablados cariocas vestidos de muitos bilhetes de mil, criados pelo Paquin e pelo Ruff. Não era uma pequena qualquer. Era a bela Irene de Souza que queria ser a boa, a humilde, a simpática, a talentosa Irene. A crítica fora jantar a sua "vila" de Copacabana, onde Irene, ao nascer do sol, num regime essencialmente esportivo, fazia duas horas de bicicleta e sessenta minutos de natação. E a crítica suportara o seu companheiro Agostinho Azambuja, empreiteiro, rico, casado; a crítica elogiara Irene, e de chofre todas as atrizes, todos os cabotinos sentiram-se diminuídos lendo no cartaz, em grossas letras, o nome de Irene *en vedette*, de Irene repentinamente *footlight*. Ela continuava tão boa, porém, tão amiga, tão simples, tão séria... Tão séria? Deram-lhe todos os amantes imagináveis em vão, por vingança afirmaram que os seus dentes como os seus sapatos eram feitos em Paris, emprestaram-lhe instintos perversos, e foi célebre a frase de um jornalistinha desprezado: De pé é a Vênus de Médicis, deitada é a Vênus Andrógina. Mas Irene mostrava o claro fio da dentadura com uma despreocupação tal, tratava tão camarariamente os homens que a calúnia tombou.

De resto Agostinho Azambuja tinha uma confiança muito elegante. A lenda era esse homem vulgar, possuído de uma paixão devoradora, agarra uma pobre rapariga no mais reles alcouce e fizera-a uma obra sua para dominar a cidade, uma mulher perfeita, falando quatro ou cinco línguas, conhecendo música, vibrante de arte e de elegância que é a arte de ser sempre a tentação. Mas a paixão, o ciúme, esses paroxismos fatais de quem quer muito bem, Azambuja encobria-os numa serenidade de bom tom, talvez mesmo para Irene, deixando-a sair só, não lhe perguntando nunca de onde viera, recebendo na própria casa os apaixonados que a ela poderiam ser úteis para o reclamo, colocando-a numa posição verdadeiramente superior, sem esquecer o lado prático, porque lhe assegurava o futuro, comprava-lhe casas, joias. No dia em que correu ter o Azambuja presenteado Irene com uma baixela de ouro lavrado, herdada do avô, um vago judeu argentário, as mulheres tiveram a certeza da superioridade da rival, e foi notada a resposta do Azambuja a Etelvina, primeira ingênua casada e adúltera da companhia:

— Minha filha, já não estou na idade de satisfazer os caprichos de uma mulher. A Irene quem a fez tal qual fui eu. Vivo do orgulho que ela me dá. É o meu chic.

— E se o trair?

— Tem bastante espírito para o não fazer, e lucrarias mais se fosses sua amiga.

Mas isso é que ninguém concebia: a Irene sem enganar o Azambuja. Afinal era uma rapariga de vinte e cinco anos, um verão ardentíssimo, uma beleza que chamava paixões! Muita vez no seu camarim, forrado de seda cor-de-rosa, faziam-se comentários.

— Mas não ama o velho Agostinho?

— Está claro que não o posso amar como Julieta a Romeu. Há uma grande diferença de idades. Mas respeito-o e sou-lhe grata. É quanto basta. Eis a razão por que resisti a princípio e hoje sou invulnerável.

— Francamente?

— Deve compreender que seria muito parva se fosse perturbar a minha vida e a beleza que vocês proclamam com uma paixão. Ora só a paixão poderia influir. Essa não vem, não vem, e não virá nunca. Conheço os homens.

De fato, tinha razão. Como o seu sorriso tomava-se cortante, as narinas palpitavam e com o seu ar de Diana à caça, ela permitia-se abraços e beijos com as companheiras, mais falsas que a onda, logo se formou irrevogável a legenda.

— Irene? Amantes não... A Irene procura alguém de quem o Azambuja não tenha ciúmes. Lembrar-te da frase do Gomide?

A legenda foi mesmo tão espalhada que súbitas ternuras apareceram, e alguns camarotes eram insistentemente ocupados pelas mesmas damas nas noites das suas representações, e vários convites surgiram para tê-la na companhia de senhoras bem cotadas.

— Es uma criatura imperfeita, disse-lhe eu um dia.
— Por quê?
— Porque não amas o amor. Lembra-te dos versos do Poeta:

Que os vossos corações aprendam a viver,
Amando o amor, amando a perfeição,
A perfeição da alma que nos traz o prazer
Supremo e a suprema ilusão!

Ela suspirou, tristemente.

— Se é assim? Que hei de eu fazer? Mas que romântico, Deus!

E todos nós, jantando nas suas pratas, escrevendo a respeito do seu talento, tínhamos aceitado o caso como definitivo. Até Irene mesmo, mostrando predileções excessivas, parecia sossegar com a esquisita calúnia e mostrava uma alegria, uma imensa satisfação na vida. De modo que aquela partida brusca, após seu último sucesso agradável numa comédia inglesa, era de desnortear. Ao saber a resolução pelo velho Azambuja na rua, eu tomara um tílburi, interessado como diante da saída de um ministro, e estava ali, interrogando-a, no meio da desordem do salão, onde havia malas, chapéus, plumas e um intenso cheiro de heliotropo.

— Mas por que partir, Irene?

— Porque é preciso.

— Uma briga com o Azambuja? Não? Aquele ataque da Suzana Serny? Também não? Então? Querem ver que afinal tem uma paixão?

Irene sorriu, no seu quimono rosa, guarecido de uma leve renda antiga.

— Paixão? Sabe o que estava a fazer, quando entrou? Estava a limpar a secretária, a rasgar declarações amorosas e a atirá-las para este cesto. Tudo quanto está vendo nesta secretária, tudo quanto vê neste cesto — é paixão!

Recuei assombrado. Nunca tinha visto tanta paixão reunida e um sorriso tão destruidor nos lábios de Irene.

— Oh! não se assuste! Essa paixão é uma das faces do meu amor ao teatro. O Azambuja sabe e, às vezes, lê as cartas comigo. Guardo os artigos de jornal num álbum e a chama amorosa na secretária. Algumas ainda não li, mas foi por falta de tempo...

— Cruel!

— Oh! É lá possível ler tudo quanto a tolice humana escreve? Recebo as cartas de bom humor porque é impossível zangar, e acabo considerando-as a homenagem anônima, uma espécie de palmas num teatro cheio. Quer lê-las?

Uma ansiedade invadiu-me.

— Irene, nunca amou? Francamente? Posso ler todas, todas?

— Todas, fez ela. Sem receio. Divirta-se! Eu vou mandar fazer um pouco de chá, feito da flor, enviado diretamente da China para um inglês rico que me adorou em vão.

Ergueu-se. Houve um deslocamento de perfumes. A meus pés o cesto abria a fauce abarrotada; diante das minhas mãos a secretária escancarava-se. Hesitei, olhei-a, não resisti.

Ah! o estranho capitulo de psicologia, a descraziante página de análise! Daquela papelada subia como uma fúria de paixão, de doença, de loucura. Havia mais de quinhentas cartas, havia mais de mil postais e nesses quadriláteros de papel ardia um arco-íris passional desde a chama roxa da melancolia à chama rosa do amor precoce. A primeira carta que abri tinha ao canto um passarinho voando, e começava assim: "D. Irene, queira desculpar, ao receber esta maltraçadas linhas que lhe envio do Internato. Tenho quinze anos e vi-a ontem. Como é bonita!"

— Conheceu?

— Nunca o vi. Pobre pequeno! Do seu primeiro amor não guardará ao menos más recordações.

— Cá tenho outro: "Senhora. As horas fogem e a esperança fica. Quem a chamou de feia e a senhora não sabe quem é."

— Quantos nestas condições! Vá vendo...

Eu ia com efeito vendo. Peguei de outro: "Adeus, flor da minha vida! E que nas outras cidades deixe os mesmos corações despedaçados.- Maníaco."

— Este confessa-se maluco!

— O que não fazem os outros...

Mas as tolices, os gritos de paixão, que são sempre ridículos, não acabavam mais. Eu lia versos, lia pensamentos patetas, via toda a palpitação ingênua do coração dos homens; ameaças de suicídio, ofertas de dinheiro, descrições de vida futura, pedidos de uma humildade de rafeiro, agonias com erros de português, máximas idiotas e generosas: "A amizade da mulher tem um encanto mais suave do que a do homem: é ativa, vigilante, terna e durável", graças nevrálgicas de palhaço amoroso. Deus! O amor, que dolorosa moléstia... eu não sei por que um nervosismo incompreensível fazia-me trêmulos os dedos, eu procurava com ânsia, humilhado, espezinhado, como se fosse responsável por todas as sandices do meu fraco sexo.

— A carta anônima é às vezes melhor que a carta de amor!

— Sabe que teve um pensamento?

— Como os que acabou de ler?

— Não, um pensamento diamantino.

— Pois venha tomar chá.

A criada servia, com efeito, o chá num lindo "tête-à-tête" de porcelana com guarnições en vermeille. A encantadora Irene parada; os seus olhos pareciam levemente inquietos. Eu continuava a remexer a secretária. Uma das missivas era enorme. Abri-a. "Peço a V. Ex. que me perdoe a ousadia, e, genuflexo, reclamo o seu carinho para os queixumes de um coração sofredor. Não sei fazer poesia, sou imensamente avesso às flores de retórica e suponho que não me igualarei ao gorjeio dos rouxinóis ou às asas das borboletas inquietas..."

— Basta! Basta! fez Irene, tapando os ouvidos.

— É a paixão.

— Venha antes tomar chá. Olhe a frase de Ibsen, na Comédia do Amor: O amor é como o chá. Bebamo-lo!

— Ah! minha querida! Como os homens são idiotas! Essa mania de escrever cartas de amor é bem o sintoma de inferioridade. Se eles soubessem o fim das suas letras e o pouco-caso que delas fazem as mulheres. Ainda não tive amante que com ela não rasgasse as cartas dos que me tinham precedido.

— Era uma afirmação de que pelo menos no momento não o enganavam.

— Quem sabe?

Ela sorria com a chávena na mão. Era realmente bela. Toda de rosa, naquele quimono de seda, lembrava uma flor maravilhosa, uma flor de lenda, inacessível aos mortais. Eu compreendia a futilidade, a tolice, a miséria lamentável dos homens, diante da sedução de Vênus Vingadora, da Vênus que não se entregara nunca, e era honesta sem amantes, sem crimes, sem calunias...

Mas por que ia ela para a Europa? Por que me humilhava com aquela intimidade de correspondência aberta? Por quê? Os meus dedos encontraram uma gaveta. Abri-a. Nunca a linda Irene de Souza amara um homem! Era honesta, era o pólo do desejo! Ah! não... várias cartas. Apanho uma ao acaso. Um selo italiano. Tirei-a do invólucro: "Cruel. Hei de matar-te se alguma vez te encontrar ajeito. Não me quiseste e eu peno, peno há cinco anos. Conto que ainda hei de ver o teu sorriso indiferente, 6 8,6 8, oitavo do século, no mesmo lugar. Preciso muito..."

Não continuei.

— E olhe que tem também um doido.

— Palavra?

— Um sujeito que está na Itália, ao que parece. Fala do número 8, chama-a cruel.

— E eu que ainda não tinha lido! Com efeito. E curioso. E assina-se César! Não faz coleção de selos? A filatelia está em moda.

— Como todas as parvoíces inofensivas. Ainda lá não cheguei.

Depois, parei. Ela estava preocupada, séria, um tanto fria talvez. Decididamente aborrecia a bela Irene de Souza. E era de compreender. Irene preparava a sua partida, desejava estar só. Curvei-me.

— Adeus, então. Seja mais humana lá fora.

— Eu? Com os espias e as agências de informação pagas pelo Azambuja? Da última vez que estive em Paris, Azambuja mostrou-me um dossier tão copioso que eu pensei no Affaire Dreyffus[40]. Qual, meu amigo, sou invulnerável. E rindo alegremente: já se vê que pour cause...

Saí varado, porque afinal não há nada mais impertinente do que encontrar realmente honesta uma mulher que não tem o direito de o ser, e indo pela Avenida Beira-Mar a matutar naquela criatura excepcional encontrei o velho Justino Pereira, a passear também.

— Poesia?
— Não, ideias. Venho da casa da Irene.
— Boa pega!
— Oh! não, um espírito prático, incapaz de amar. Mostrou-me verdadeiras cascatas de amor.
— As mulheres nunca mostram todas as cartas. É o seu grande trunfo.
— Velho céptico!
— Mesmo porque há cartas que os maridos e os amantes podem ler, cartas desvairadas, sem sentido... Que cara a tua! Pareces criança. Pois meu tolo basta uma combinação prévia, basta uma chave do sentido oculto. Por exemplo: Hei de matar-me. Tradução: Não deixes de vir. Peno há cinco anos. Tradução: Preciso de dinheiro.

---

[40] O Caso Dreyfus foi um escândalo político que dividiu a França na última década do século XIX e nos primeiros anos do século XX. O caso girou em torno de Alfred Dreyfus, um oficial do exército francês de origem judaica, que foi injustamente acusado e condenado por traição em 1894.

— Ora o fantasista! Não me vai dizer que a Irene tem amantes.

— E se disser que tem mesmo uma espécie de gigolô, a quem sustenta?

Indignado, como se fosse uma questão de honra pessoal, estaquei.

— Sr. Justino Pereira, nada de calúnias. Irene está acima de maledicência. O senhor calunia e é pelo menos incapaz de nomear o tal gigolô.

— Oh! filho, fez Justino a sorrir. Soube-o por um acaso, não tenho que guardar. É até um lindo rapaz, corpo de esgrimista, olhos devoradores. Nasceu em S. Paulo, chama-se Victorino Maesa e partiu há dois meses para a Itália.

Como me visse pálido, aturdido, sem saber o motivo daquela emoção, sem saber que como um imbecil eu tivera a carta na mão:

— Estás apaixonado? Contrariei-te? Todas as mulheres são excepcionais quando se lhes quer prestar atenção. Mas no mundo não há uma que não tenha um segredo simples, que lhe mostra um reverso inteiramente diverso da aparência...

E desatou a rir enquanto eu esforçava-me por fazer o mesmo.

Conteúdo Extra

Reação pública à morte de João do Rio

O Paiz. Sexta-feira, 24 de junho de 1921

A mágoa imensa causada pelo desaparecimento súbito de Paulo Barreto é de algum modo consoladora. O público carioca, como o de todo o Brasil, sentiu, com percepção nítida do seu valor, o que a perda do jornalista ilustre representa de fato para o país.

Combatido como raros homens de letras o tem sido nesta terra, as próprias pessoas que ainda no dia do seu falecimento lhe negavam método superior, não querendo ver na sua individualidade mais que a audácia das atitudes, logo ao saberem da catástrofe se recolhiam compungidamente em si mesmas e avaliavam com dolorosa surpresa toda a sua extensão.

O aspecto desta capital, ontem, era de franca tristeza. Os grupos que na avenida se formavam e dissolviam, ao acaso dos encontros de rua, não tinham outro assunto a tratar que não o da morte do amado cronista da cidade, desse João do Rio cuja justeza de observação, cuja elevação de ideias e cuja inimitável graça de expressão a todos seduziam.

Escrevendo sempre literariamente, Paulo Barreto tinha contudo o segredo de ser entendido por todos. Os seus artigos de comentário ao fato do dia, ou de crítica política ou de costumas, eram lidos com o mesmo prazer e a mesma compreensão tanto pelos seus colegas da Academia de Letras como pelos mais humildes moradores dos subúrbios. O seu público era toda a cidade. Os seus admiradores éramos todos nós!

As manifestações com que o Senado e a Câmara da Republica, a Academia de letras e demais altas sociedades científicas e literárias do Brasil se associaram ao pesar geral da Nação pela infausta novam, foram semelhantes às demonstradas pela classe dos *chauffeurs* e outras sociedades, cujos membros não tem nenhums títulos de gloria mais que os do trabalho honrado.

O povo afluiu também em massa à redação de A Pátria. Milhares de assinaturas, que nem todas as páginas do seu jornal poderiam, publicar, alinharam-se em laudas longas ao lado do catafalco do diretor da folha., E se para nós outros que, como o morto ilustre, damos o melhor45 da nossa vida a imprensa, o golpe sofridos nos deixou abalados e perplexos, essas manifestações de respeito e carinho prestadas por todo povo ao jornalista de alto mérito, servem a consolar-nos, porque servem a demonstrar não ser tão fictício e tão vão como acaso possa parecer o nosso esforço de trabalho, imenso, de cada dia.

Conheça a Tacet Books

Somos uma editora independente que pública obras interessantes e inéditas de autores clássicos - em seus idiomas originais - por preços acessíveis aos leitores brasileiros.

Nosso catálogo possui obras em inglês, espanhol e português, de grandes autores como Agatha Christie, James Joyce, Virginia Woolf, Júlia Lopes de Almeida, George Orwell, Horacio Quiroga, etc. Coletâneas inéditas como Feminist Fiction, Victorian Fairy Tales e seleções de contos de países como Cuba, España, Argentina, México, entre outros.

Seja para estudar um novo idioma ou ler clássicos em seus idiomas originais, nossos livros serão uma ótima adição à sua biblioteca.

Visite nosso website:

http://www.tacetbooks.com

Finalizamos esta edição na semana em que João do Rio foi anunciado como autor homenageado na FLIP 2024. João do Rio defendia a ocupação das ruas e praças como espaços de encontro e observação, capturando em suas obras a vida urbana do Rio de Janeiro. Sua representatividade e contribuição para a literatura serão celebradas na Feira Literária Internacional de Paraty, ressaltando seu legado e influência no cenário cultural do país.

Este livro foi composto em Libre Baskerville e impresso no Brasil por UmLivro, para a Editora Tacet Books.

São Paulo-SP. Junho, 2024.

www.ingramcontent.com/pod-product-compliance
Lightning Source LLC
LaVergne TN
LVHW040108080526
838202LV00045B/3819